CROCODILO SONHADOR

Vanda Amorim

Crocodilo sonhador

prefácio:
José Renato Nalini

EDITORA GLOBO

Copyright © 2009 by Vanda Amorim

Todos os direitos reservados. Nenhuma parte desta edição pode ser utilizada ou reproduzida — em qualquer meio ou forma, seja mecânico, ou eletrônico, fotocópia, gravação etc. — nem apropriada ou estocada em sistema de banco de dados, sem a expressa autorização da editora.

Texto fixado conforme as regras do novo Acordo Ortográfico da Língua Portuguesa (Decreto Legislativo nº 54, de 1995)

Revisão: Gulliver Alves e Maria Sylvia Corrêa
Capa: Andrea Vilela de Almeida
Foto de capa: joSon/ Stone/ Getty Images

Dados Internacionais de Catalogação na Publicação (CIP)
(Câmara Brasileira do Livro, SP, Brasil)

Amorim, Vanda
Crocodilo sonhador / Vanda Amorim ; prefácio José Renato Nalini. – São Paulo : Globo, 2009.

ISBN: 978-85-250-4662-8

1. Ficção brasileira I. Nalini, José Renato. II. Título.

09-00515   CDD-869.93

Índice para catálogo sistemático:
1. Ficção : Literatura brasileira   869.93

Direitos de edição em língua portuguesa
adquiridos por Editora Globo S.A.
Av. Jaguaré, 1485 — 05346-902 — São Paulo, SP
www.globolivros.com.br

Agradecimentos

Agradeço aos meus grandes amores, José Roberto Neves Amorim, dedicado companheiro, eterno professor de compreensão e carinho, paradigma de honradez, ética e bondade, meus lindos e exemplares filhos, André, Brenno, Gabriel, Melissa e Pedro, razão de minha própria existência, minha doce mãe, pessoa que me proporcionou a chance de simplesmente viver.

Agradeço o apoio incondicional do ilustre promotor de Justiça Roberto Porto, o aval e as belas palavras do brilhante desembargador e presidente da Academia Paulista de Letras José Renato Nalini e o carinho do renomado publicitário Celso Loducca.

Ao amigo Serafim Barreiros e ao presidente do Conselho da Comunidade Luso-Brasileira do Estado de São Paulo, dr. Antonio Almeida e Silva, minhas homenagens e sincera gratidão.

Simone Neaime, Luciana e Leninha Vergara, Jayme Marques, Naíla Nucci, Ana Lívia Mendonça, Vilma Sá, Karina Batista, Eliane e Geraldo Loducca, primeiras pessoas que se emocionaram com o Crocodilo sonhador, muitíssimo obrigada.

Finalmente, agradeço a Deus por suas mãos sempre protetoras.

Sumário

Prefácio 11

Memórias presentes 17
Austrália: primeira separação 20
Fim do intercâmbio 24
Inesperada decepção 26
Verdadeiro amor 29
Fim da faculdade e início de outra era 34
Mudanças de planos e de paixão 43
Escolhas equivocadas 46
Gabriel rumo a Lisboa 49
Fim anunciado 53
Fraqueza e suicídio 55
Pendências afetivas 56
Redescoberta do amor 58

Reencontro no Porto	62
Lágrimas no rio Douro	68
Lisboa romântica	71
Escolha definitiva	74
Mais um duro golpe	79
Adeus, Portugal	86
Luta pelos timorenses	89
Dúvidas e casamento	91
Vida nova, novas decepções	95
Torturas e agressões	96
Doença do amado pai	100
Agressão fatal	103
Conselhos que não ouviu	107
Inseminação artificial	110
Finalmente a gravidez	112
Repouso absoluto	115
Pelo amor de Deus: perdão	117
Trigêmeos a caminho	119
Amor incondicional	122
Chegada dos meninos	126
Recepção e cuidados com Sofia	128
Ignorância e indiferença	130
Desafios do tratamento	132
Aniversário dos trigêmeos	134
Falência do casamento	136

Verdades e revolta da amiga	138
Enfrentando o inimigo	147
Lendas do Timor	148
Razão, sensibilidade e verdade	152
Marie – breve passagem	158
Perto da verdade	160
Triste realidade	162
Coragem de Eugênia	164
Verdadeira vingança	168
Morte de Júlio	176
Finalmente a alforria	177
Dificuldades financeiras	178
Derrocada de Eduardo	181
Oportunidades e desafios	183
Vida nova na capital	186
Retorno de Gabriel a Portugal	189
Instrumento da vida	192
Anjo de Sofia	194
Desencontros	196
Primeiros passos de Sofia	198
Ajuda psicológica	199
Quarto aniversário dos trigêmeos	201
Simplesmente adeus	205
Amor, medo e desesperança	206
Grande evolução de Sofia	207

Coragem e determinação 209
Verdade sobre Gabriel 213
Avaliação de Sofia 214
De volta ao presente 216
Misterioso bilhete 218
Desvendando o enigma 221
Medo, vergonha e lágrimas 223
Perdão e resignação 225
Fim das angústias 228
Lar, vida e sonhos 230
Retorno prometido 232
Recepção calorosa 234
Adeus, sensibilidade 236
Felicidade do crocodilo doutor 239

Prefácio

O AMOR CONTINUA A SER TEMA instigante para quem se propõe compartilhar sua sensibilidade com os leitores. Há quem afirme que o autor escreve para si mesmo. Uma das alternativas à loucura, que seria o imperativo da civilização consumista e egoísta erigida pela humanidade nesta era, é dedicar-se à escrita. Outra alternativa é amar. Quem consegue conciliar amor e literatura é um ser privilegiado.

Essa é a condição de Vanda Amorim, cuja obra de estreia é auspiciosa. Contempla o amor, que move o Sol e as demais estrelas, sem ignorar as vicissitudes que tal sentimento acarreta para as suas vítimas. Amor sob várias vertentes. O interesse aparentemente sensual. O entusiasmo da paixão avassaladora. O tédio denunciador de que o fogo se apagou. O reinício do mesmo amor, se isto for possível.

A tragédia do ciúme, do desrespeito, a ultrapassagem do fio invisível entre o amor e o ódio, tudo consta deste livro. Formas heterodoxas da afeição entre as criaturas não foram desprezadas. O conflito de quem se vê enredado naquele "amor que não ousa dizer o nome", fato real e cada vez mais visível na experiência contemporânea.

Os personagens de Vanda Amorim são reais. Têm história, têm endereço, têm profissão. Os laços de afeto e repulsa lembram a corrente afetiva já explorada na poesia. Pois Eugênia amava Júlio, que amava Eduardo, que procurou, à sua maneira, amar Eugênia, que descobriu que o amor verdadeiro era Gabriel.

Rede conflituosa de sensações turbulentas ata e desata vários destinos. A dependência afetiva, as emoções indescritíveis, a decepção e o constrangimento entretecem os encontros e desencontros entre seres providos de consistência e concreção. Perfis semelhantes podem ser identificados pelos leitores, aos quais a romancista confia sua criação. Quem não é capaz de reconhecer alguém parecido com Eugênia em sua luta consigo mesma? É frequente, no âmbito das experiências humanas, defrontar-se com mulheres com a sua indecisão, sua incapacidade de detectar o falacioso e de se iludir com aparência de carinho. A criatura humana é carente de afago e sequiosa de amor. Ante qualquer promessa, ruem as muralhas da segurança e, na camada mais íntima da inconsciência, o fundamental é amar e merecer amor.

Figura singularmente complexa, Eugênia personifica a ambiguidade da condição feminina. Mulher vulnerável, presa fácil das estratégias convencionais de sedução, mostra-se mãe-fortaleza e obstinada. Testemunho de que a substância do ser humano é formada com material plasmável. A coerência absoluta, a rigidez inquebrantável de caráter ou temperamento é um ideal inatingível. Não existe garantia alguma de permanência dos atributos humanos. É da própria condição humana a mutabilidade. Diante de situações distintas, as circunstâncias fabricam couraças próprias a cada fase da experiência vital. Couraças que são abandonadas a qualquer alteração do quadro que as gerou.

Figuras atormentadas como Júlio e Eduardo também não podem ser consideradas mero fruto de imaginação fecunda. Existem e se defrontam com o dilema imponderável da sexualidade sem definição. São criaturas que sofrem. Em regra, ainda são estigmatizadas e excluídas. Embora o ordenamento vede e sancione qualquer preconceito, a cultura nem sempre caminha paralelamente ao direito. As minorias enfrentam incompreensão e crueldade, o que as leva a ocultar características que estão longe de ser assimiladas pela maior parte do convívio social.

Ainda existem amigas devotadas como Bia. O ombro amigo é conforto inenarrável. E não desapareceram profissionais idealistas como Gabriel, cuja dimensão metafórica foi bem explorada na trama. A inocência de Sofia detectou a missão angelical daquele portador do nome forte do arcanjo. O idealismo, por sinal, é justamente a capacidade de se entregar a uma causa nobre, assim como o fez o médico bom moço. Provido de todos os atributos que o tornam o protótipo do gênero que todos os sogros almejam. Bom caráter, bom profissional, generosidade e devotamento. Tudo ainda complementado por uma figura física agradável, bem de acordo com os padrões contemporâneos.

O interesse pelo enredo decorre também da plausibilidade do romance. Nada é imaginoso ou fantasia exagerada. O universo explorado por Vanda Amorim é temporal e espacialmente conhecido. O drama ocorre nesta era e em território conhecido. Protagonizar um heroísmo no Timor Leste é plenamente viável e já foi experimentado por profissionais portugueses e brasileiros. A existência de crianças com necessidades especiais também não é desconhecida, e a batalha travada por suas famílias, notadamente pelas mães, deve suscitar a reflexão de todos. Ninguém está imune a tais ocorrências. As exceções são naturais no regramento que rege a continuidade da vida.

Não hesitou a autora em contemplar a situação do aidético. Assim como o fenômeno da AIDS não é incógnito e se aparentemente a imunodeficiência adquirida parece controlada, longe está de ser arredada como epidemia nefasta. Mesmo os mais otimistas dentre os cientistas reconhecem avanço tímido na descoberta de uma vacina. A humanidade vai conviver com essa calamidade crônica, suscetível de dizimar física e moralmente indivíduos e famílias afetadas.

Integra a narrativa, como ingrediente significativo, a capacidade de se devotar amor à prole alheia. O sentimento maternal/paternal é aquele indizível afeto que vincula gratuitamente seres biologicamente desvinculados. Não é preciso haver contribuído geneticamente para conceber um ser humano, para que ele seja objeto de amor espontâneo. Amor acendrado, incondicional, eterno. Como é o liame entre pais e filhos.

Esse o amor inquestionável. Sentimento incólume ao natural arrefecimento. Amor paterno/materno está liberado das ocorrências que destroem a paixão. Quem experimentou o ciclo passional sabe como ele acontece. Primeiro, atração intensa; depois, combustão exauriente, por fim revertida em porção ínfima de cinzas. Amor paterno/materno é amor eterno. Independe de qualquer retribuição. Traduz-se em capacidade efetiva de oferecimento da própria vida em benefício de outrem. Seja ou não portador do mesmo DNA. O critério é o do DNA amorável. É a genética do benquerer.

A história contada por Vanda Amorim é perfeitamente verossímil. Evidencia a incapacidade de se nutrir certeza sobre os próprios sentimentos em situações de impasse. Mormente quando o ser humano se vê envolvido na miríade de sensações produzidas pela atração sexual, pela intuição, pela reduzida condição de fazer prevalecer a chamada opção racional. Prova empírica de que a razão é conceito polêmico. O ser humano é instinto e razão, e para que esta prevaleça sobre aquele, há um longo aprendizado pela frente.

Mas o importante é ler o livro de Vanda Amorim. Permitir que os personagens se apresentem e se deixar levar pela história. Viver o sofrimento da heroína, seu remorso e suas esperanças. De molde a fortalecer a convicção de que –, malgrado todas as adversidades, amar ainda vale a pena.

JOSÉ RENATO NALINI
Presidente da Academia Paulista de Letras

Memórias presentes

— Bia, eu não posso reclamar, pois apesar de tudo tenho tido muita sorte; sinto-me abençoada pelas chances que a vida vem me proporcionando. Já chorei bastante por coisas importantes, mas às vezes por pura banalidade, o que me faz sentir injusta. Porém, nos últimos tempos, minhas terapias vêm me conscientizando de que tudo que passei e passo são reflexos das minhas próprias escolhas equivocadas. São as reações de minhas imaturas e inconsequentes ações – disse Eugênia.

— Amiga, acredito que tudo isto seja apenas mais uma fase passageira – falou Bia com convicção. – Você, como eu, está sujeita a erros e acertos. Acredite, seus problemas logo vão se acabar. Lembre-se o quanto já sofreu. Não se martirize pelo passado. Dê mais uma chance para ser feliz e não tenha medo de encarar a realidade.

— Ah! Bia, não tenho tanta certeza assim. Minhas angústias parecem intermináveis – suspirou baixinho Eugênia. – Bem, já estou reclamando outra vez e isto eu não devo fazer. Tento me policiar o tempo todo, amiga, mas às vezes acaba escapando.

— Eugênia, querida, sinto muito, mas tenho que desligar, porque o Guilherme está chegando. Falarei com você mais tarde. Beijos.

— Está bem. Beijos. — Carinhosamente, despediu-se da amiga.

Eugênia, naquele momento, sentia-se mais aliviada por ter desabafado, uma vez mais, com Bia. Nos últimos tempos, tinha constante necessidade de confidenciar suas angústias, dúvidas e medos com mais alguém, além de sua terapeuta.

Após desligar o telefone, Eugênia relaxou-se e fez, em algumas horas, um balanço de sua vida. Vinham lembranças que a fizeram passar o passado a limpo.

Confortavelmente, acostada na *chaise longue*, posicionada no canto da varanda de seu belo apartamento, sentia o vento que soprava suavemente, acariciando sua pele alva e macia. Fluíam pensamentos, que a fizeram rememorar momentos passados que determinaram o seu presente.

Nos últimos tempos, vinha entendendo que suas escolhas não foram as melhores e, humildemente, reconhecia cada infeliz opção que fez. Tinha consciência que a maior delas tem olhos, boca, coração e nome: Gabriel.

Gabriel tem gosto de lágrima, cheiro de saudade e rosto de esperança.

— Oh, meu Deus! Quantas coisas desprezei! — lamentava-se Eugênia. — Por que errei tanto? Será que só agora, depois de tantos anos, estou preparada para entender sobre a capacidade de amar? Será que estou definitivamente madura e, por isso, sinto tanta necessidade em tê-lo comigo? — perguntou-se amargurada.

Olhos marejados, fixados no horizonte, reviveu os momentos de insegurança e tortura. Pensativa, remoeu a dor que passou nos últimos sete anos.

Conhecia o risco do sofrimento que qualquer pessoa corre quando ama, todavia se penitenciava pelas oportunidades que deixou escapar.

Austrália: primeira separação

Aos dezessete anos, adolescente Linda, cursava o último ano do colégio e era apaixonada por Júlio, seu colega de classe, com quem namorava desde os catorze.

Ambos tinham a mesma idade, sempre estudaram no mesmo colégio e eram vizinhos, ambos moravam em Arcozelo, na Vila Nova de Gaia, na cidade do Porto.

As famílias eram amigas havia décadas; faziam parte do mesmo meio social, frequentavam o mesmo clube, as mesmas festas, o mesmo shopping, enfim, eram muito próximas.

Na época, Júlio – seu primeiro e grande amor – planejava estudar no exterior, ocasião em que Eugênia começou a sentir o gosto amargo da separação.

Ele, ao contrário dela, se mostrava feliz, radiante e eufórico com a viagem; afinal, realizaria o maior sonho de sua vida: um intercâmbio no exterior.

Há anos, sonhava em estudar na Austrália, lugar excepcional e evoluído. Iria morar na metrópole mais populosa do país, Sydney, capital do estado de Nova Gales do Sul.

Aquela foi a primeira separação desde os seis anos de idade, ocasião em que juntos iniciaram a pré-escola. Eugênia, sem opção, aceitou a viagem, mas em muito pouco tempo não resistiu e caiu em profunda depressão.

Apesar do apoio de sua família e de seus amigos, não conseguia se reerguer. Permanecia em total e cruel isolamento, literalmente jogada em cima de uma cama.

Durante o primeiro mês, após a partida de Júlio, a moça não tinha força para nada, sequer alimentava-se. Apenas duas coisas amenizavam um pouco a sua dor: o celular e a internet, elos que a ligavam ao seu amor.

Somente seu corpo estava no Porto, porque a mente, a alma e o coração estavam muito distantes dali, provavelmente na Oceania.

De tão deprimida, não se importava mais com os estudos, com o colégio, com os amigos, nem mesmo com a família. Relegou tudo a segundo plano: de aluna brilhante a notas críticas, de boa filha a pessoa desconhecida, de boa e presente amiga a uma verdadeira estranha. Passou a viver apenas a ausência de Júlio, seu amor.

Algum tempo depois, mesmo distante, passou a controlar a vida do namorado. Necessitava conhecer todos os seus passos; obrigava-o a dar satisfação de tudo o que fazia ou deixava de fazer, do que comia ou deixava de comer, com quem saía; se havia estudado, o que tinha aprendido. Enfim, obcecada, sufocava-o sem perceber.

Júlio, amável e compreensível com a namorada, no intuito de deixá-la mais tranquila, dizia com frequência para ela não se preocupar, pois ele não tinha tempo e nem pretendia fazer ou pensar em bobagens.

Com muita paciência, pedia constantemente para que ela ficasse calma, pois não existiam outras garotas, aliás, sequer colegas havia arrumado. Possuía apenas um único amigo, português, Dudu, que às vezes lhe fazia companhia.

O descabido e exagerado controle exercido por Eugênia aos poucos influenciou negativamente o relacionamento dos dois.

Não demorou muito para que Júlio sentisse a pressão que ela exercia sobre ele. Em alguns meses, passou a apresentar sinais de cansaço pelo desgaste da relação que claramente se tornava doentia.

Eugênia, que sempre foi considerada aluna brilhante e exemplar, aos poucos retomou o ritmo normal dos estudos, mesmo porque no próximo ano entraria na faculdade de direito.

Preferia não sair de casa, embora as amigas insistissem em levá-la para passear. Limitava-se apenas a manter esparsas conversas por telefone.

Em casa, mostrava-se apática, permanecia a maior parte do tempo trancafiada no quarto. Raras vezes mantinha conversas com o pai, seu melhor confidente e amigo.

Quase um ano se passou, e o retorno de Júlio estava previsto para dezembro. Eugênia, eufórica, não via a hora de rever o seu amado.

No entanto, no final de novembro, Júlio a surpreendeu ao dizer que retornaria a Portugal somente no final de janeiro. Pediu a compreensão da namorada, pois havia conseguido estender a viagem por mais trinta dias.

Com carinho, explicou a ela que sua família o havia presenteado com mais um período na Oceania, em razão do esforço dele nos estudos. Assim, poderia conhecer a maravilhosa cidade de Melbourne, estado de Victoria, localizado na costa sul da Austrália.

Eugênia, apesar de triste e desgostosa, acolheu a decisão do namorado, entendendo que ele apenas pretendia aproveitar a oportunidade para conhecer outros lugares.

Fim do intercâmbio

Para a volta de Júlio, Eugênia e a família dele organizaram uma belíssima recepção. Ela contava os dias, as horas e os minutos para finalmente rever seu amado.

O voo de volta estava marcado para as vinte horas no Aeroporto Internacional Dr. Francisco de Sá Carneiro, na cidade do Porto, porém sua ansiedade era tanta que despertou às cinco da manhã para finalizar os preparativos da festa.

Apesar de a chegada do namorado estar prevista somente para a noite, ansiosa, ela chegou ao aeroporto às quinze horas, como se a antecipação fosse aliviar a sua tensão ou deixá-la mais próxima de seu amor.

Às dezenove horas chegaram os parentes e amigos do rapaz, também para recepcioná-lo. Empolgada, Eugênia assistiu e filmou o pouso do Boeing 747, da Qantas Airways, que aterrissou com mais de uma hora de atraso.

Aflita, correu para o portão de desembarque, postando-se na frente de todas as demais pessoas. Quando o viu, no meio de tantos outros passageiros, sentiu um forte alívio, misturado à felicidade e alegria. Sentiu-se muito leve, como se tivessem tirado repentinamente a imensa dor que se instalara no peito dela desde a partida do namorado.

Ao vê-la, Júlio não demonstrou entusiasmo, o que denotava pelas visíveis indiferenças em seu olhar.

Aparência mais madura, barba cerrada, cabelos aparados, físico definido. Mas o semblante era opaco e apagado, como se se sentisse infeliz pelo retorno.

Aproximou-se dela delicadamente e, sem qualquer entusiasmo, deu-lhe um suave beijo nos lábios.

Abraços fortes, beijos estalados, sorrisos largos, reservou para as demais pessoas que ali o aguardavam.

Ainda no saguão do aeroporto, Júlio, timidamente, de mãos dadas com Eugênia, pediu de forma gentil para que as pessoas fossem indo na frente, pois ele precisava de uns minutos a sós com a namorada.

Eugênia, ainda feliz, porém ansiosa para saber logo o que estava acontecendo, parou e pediu que ele falasse, pois estava aflita.

Inesperada decepção

— Eugênia — disse Júlio bastante constrangido —, este período que estive morando fora foi muito importante para mim; amadureci e descobri coisas importantes para minha vida e para o meu futuro. Tenho muito que aprender e viver e não posso prender-me a ninguém.

Ela, estagnada, somente ouvia.

— Somos jovens demais, por isso não devemos insistir nesta relação — continuou ele. — Quero viver a minha liberdade e não quero que você me impeça. Por isso, peço que me esqueça e siga a sua vida.

Sem proferir qualquer palavra, a moça soltou-lhe a mão, meneou a cabeça, como se assentisse naquela decisão, virou-se e se foi, sem olhar para trás.

As lágrimas inundaram-lhe o rosto. Só lhe vinha à mente o quanto sofreu com a ausência de seu amado; lembrou-se de todas as noites maldormidas, da saudade, da angústia da espera, dos preparativos da recepção, que com tanto carinho cuidou. Não acreditava no que acabara de viver. Voltou inconsolável para sua casa, trancafiou-se novamente em seu quarto, que, aliás, estava acostumado ao seu sofrimento e solidão.

O rompimento abrupto pelo qual passou sem dúvida se configurou na maior decepção amorosa que a jovem vivenciara em seus dezoito de anos de vida.

Inconformada, permaneceu dias prostrada na cama sem conseguir tocar sua vida adiante. Não mais participava das reuniões da família e não saía com as amigas; precisava, embora não conseguisse, se fortalecer para não mais se lembrar de Júlio. Calada, remoía a dor daquela inesperada e injusta separação.

O sofrimento foi imenso, entretanto depois de algumas semanas resolveu dar um basta. Entendeu que deveria se acostumar à nova realidade. Então, decidida, retomou a sua vida e sua rotina.

Iniciou a universidade de seus sonhos, voltou a confidenciar-se com seu amado pai; passou a aceitar os convites das amigas para um cinema, um teatro, uma balada. Decidida, estava disposta a sair daquela crise que parecia interminável.

Após quatro meses da separação, descobriu que Júlio a abandonara não por causa da liberdade ou porque era jovem demais para compromissar-se, como sugerira. Na verdade, estava encantado por outra pessoa antes mesmo de sua viagem para a Austrália.

Nesse dia, apesar de um pouco mais fortalecida, ao se sentir traída voltou para a casa, trancou-se uma vez mais em seu mundo e chorou por muitas horas. As lágrimas não eram de amor ou saudades, mas de ódio dela mesma por não ter sido capaz de perceber algo que todos sabiam.

Eugênia chorou até esgotar a última gota. Depois de horas, exausta, dirigiu-se ao toalete, lavou o rosto, e viu refletida no espelho a imagem de uma mulher forte, que estava amadurecendo, ainda que pelas vicissitudes da vida. Determinada, convenceu-se que merecia ser feliz.

– Chega de sofrer – falou consigo mesma. – Não me curvarei por alguém que não me merece. A partir de agora, está nascendo uma nova mulher!

Forte e decidida, jurou nunca mais derramar uma lágrima sequer por alguém que não a merecesse. E só assim sentiu-se melhor. Riscou definitivamente o nome de Júlio de sua vida.

Verdadeiro amor

Cursando o segundo ano de ciências jurídicas, na Faculdade de Direito da Universidade do Porto, já completamente refeita da decepção sofrida, foi à festa de encerramento do ano letivo, com Bia, sua melhor amiga e colega de turma. O ambiente estava muito animado, boa comida, ótima música e excelentes companhias.

Todos estavam descontraídos e felizes pela conquista de mais um ano, e isso por si só era um excelente motivo para comemoração.

Logo após a meia-noite, chegou Roberto, irmão mais velho de Bia, em companhia de Gabriel, um colega de faculdade.

O rapaz cursava o último ano da Faculdade de Medicina da Universidade de Coimbra. Rapaz bonito, educado e especialmente gentil, apesar de sua pouca idade – vinte e quatro anos. Alto, pele levemente dourada, cabelos louros cacheados e olhos azuis da cor do céu, que o deixavam com feições de anjo, fazendo jus ao seu próprio nome.

Há quase seis anos, Gabriel deixou a cidade do Porto e foi morar em um apartamento aos arredores do centro universitário de Coimbra. Em menos de um mês do início do curso, ficou amigo de Roberto, seu conterrâneo e colega de classe, que aceitou, na ocasião, dividir as despesas de um apartamento.

Gabriel, por ser muito charmoso, passou a ser a grande sensação da festa. Todas as garotas o assediavam. No entanto, inobstante as evidentes cobiças, foi Eugênia quem despertou a sua atenção.

Considerada uma mulher muito bonita, alta, cabelos longos louros e cacheados, olhos amendoados e feições harmoniosas, Eugênia encantou o moço de imediato.

O encantamento dele por ela foi tão instantâneo que, insistentemente, pediu para que Roberto a apresentasse.

Atendendo ao pedido do amigo, Roberto foi até a irmã e pediu para que ela ajudasse na investida.

Bia, no intuito de ajudar sua melhor amiga, a apresentou a Gabriel, principalmente porque desde a decepção com Júlio, não havia ficado com mais ninguém.

Após os cumprimentos normais e um pouco de conversa informal, ficaram a sós, pois Bia e o irmão, intencionalmente, resolveram dar uma volta pelo salão.

Depois de um tempo, Gabriel sugeriu que fossem para um lugar mais tranquilo, uma vez que o som estava demasiadamente alto, o que atrapalhava a agradável conversa.

Em pouco tempo trocaram ideias como velhos e íntimos amigos. Foi uma longa e agradável noite. Discorreram sobre variados e interessantes assuntos, como viagens, profissões, família, política, enfim, o que demonstrava que ambos dominavam vasto conhecimento cultural.

No entanto, pairava no ar uma sensação gostosa de mútua admiração, afeto e carinho, que transformava aquele primeiro contato cada vez mais agradável.

Em poucas semanas, Eugênia e Gabriel assumiram a ardente paixão.

Dois anos se passaram e foram os melhores de suas vidas. As famílias aprovavam e vibravam intensamente com a relação. Torciam para que ficassem juntos para sempre.

Gabriel, carismático, conquistava, sem qualquer esforço, a admiração das pessoas mais velhas e a adoração das crianças. Era naturalmente agradável, atencioso e solícito para com todos. Os pais de Eugênia se impressionavam com a postura firme, o caráter ilibado e o jeito carinhoso com que sempre tratava sua filha.

Na universidade, não poucas vezes Gabriel foi eleito pelos colegas e mestres o "amigo e aluno do ano". Inteligente e disciplinado, se destacava entre todos da turma. Pela facilidade que possuía, frequentemente se oferecia para ajudar os demais colegas nas tarefas acadêmicas.

Logo no primeiro ano da faculdade, obstinado pela profissão que escolhera, passou a trabalhar voluntariamente em prontos-socorros públicos e instituições beneficentes.

Não se incomodava em realizar tarefas simples, aliás, se sentia feliz em ajudar na remoção dos doentes, em auxiliá-los na higiene pessoal, trocar as roupas de cama dos leitos, enfim, era humilde e entendia ser apenas o começo do que certamente se transformaria em uma brilhante e promissora carreira.

Com o passar do tempo, Eugênia e Gabriel tornaram-se cada vez mais inseparáveis. Eram vistos como um casal paradigma. Conquistavam a admiração de todos, que, sem qualquer esforço, notavam o mútuo respeito, dedicação e amor entre eles.

O rapaz, evidentemente apaixonado, satisfazia todos os desejos de sua amada. Colocava-a em primeiro lugar em seus planos. Evitava, a todo custo, qualquer aborrecimento que, eventualmente, dela pudesse se aproximar.

Na manhã do dia 15 de novembro do próximo ano, Eugênia despertou rodeada de muitas flores, que festejavam com ela mais um ano de vida.

Com muito afeto, Gabriel declarava a ela constantemente o seu carinho e admiração. Mas naquele dia especial fez questão de demonstrar o tamanho de sua paixão.

Além das belas flores, escreveu uma declaração de amor, reproduzindo a letra de uma maravilhosa canção brasileira,[1] que desde o início se transformou no símbolo daquele forte amor.

Minha querida,

Eu sei que vou te amar
Por toda a minha vida eu vou te amar
Em cada despedida eu vou te amar
Desesperadamente, eu sei que vou te amar
E cada verso meu será
Pra te dizer que eu sei que vou te amar
Por toda minha vida
Eu sei que vou chorar
A cada ausência tua eu vou chorar
Mas cada volta tua há de apagar
O que esta ausência tua me causou
Eu sei que vou sofrer a eterna desventura de viver
À espera de viver ao lado teu
Por toda a minha vida
Por toda a minha vida eu vou te amar
Em cada despedida eu vou te amar

Feliz aniversário, meu amor.

1. "Eu sei que vou te amar", de Vinicius de Moraes e Tom Jobim (1958).

Eugênia, emocionada, abraçou delicadamente as flores e apertou carinhosamente contra o seu peito a declaração de amor da pessoa que, para ela, era a mais especial do mundo.

Dois anos se passaram. Muito amor, cumplicidade e ternura. Faltando apenas um semestre para a conclusão do curso de Eugênia, ficaram noivos e marcaram o casamento para meados do ano seguinte.

As famílias, cada dia mais felizes pela união dos filhos queridos, cuidaram juntas com carinho dos preparativos da festa que certamente seria a maior e mais alegre de todos os tempos.

Gabriel, médico havia mais de dois anos, além dos trabalhos voluntários que desde o começo da faculdade realizava com muita dedicação, por seu brilhante currículo foi contratado para coordenar uma equipe médica em um renomado hospital privado na cidade do Porto. Recebia um excelente salário, o que lhe permitiria, em breve, sustentar sua nova família.

Estudioso e determinado, planejou com a noiva iniciar a residência pediátrica em Lisboa, para onde se mudariam logo após as núpcias.

Fim da faculdade e início de outra era

Eugênia, no final do ano, preparava-se para as últimas provas da universidade. Como Gabriel, sempre foi aluna dedicada, disciplinada e reconhecidamente capaz. Escolhida pela turma para participar da comissão organizacional de formatura, administrava incumbência com destreza.

Na última reunião da comissão, durante a discussão sobre decoração, cardápio, banda, entre outros assuntos, recebeu a inesperada e estranha ligação telefônica de Júlio, seu antigo namorado.

Nervosa com a petulância do rapaz, duramente respondeu:

– Não insista, porque não tenho absolutamente nada para falar com você.

– Ouça – retrucou Júlio –, é importante, preciso de sua ajuda e você não poderá me negar.

– Você bem sabe que estou de casamento marcado – falou rispidamente Eugênia –, por isso não posso, não devo e não quero me encontrar com você. Sinto muito!

– É uma questão de vida ou morte – insistiu o rapaz –, por favor, é importante.

Assustada e bastante curiosa, Eugênia insistiu para que ele adiantasse o assunto. No entanto, ao perceber que nada seria dito, resolveu encontrá-lo na tarde do dia seguinte.

Na saída da faculdade, ansiosamente Júlio a esperava.

– Quero apenas pedir o seu perdão – disse ele. – Sei o quanto você sofreu e me sinto um canalha por isso. Nunca fui digno de seu amor, massacrei seus sentimentos, fui indiferente com sua dor e sofrimento e hoje me arrependo muito.

– Você está perdendo o seu tempo me pedindo perdão. Saiba que por conta do seu desprezo, de sua estupidez, hoje sou feliz e realizada. Logo, devo tudo a você – afirmou Eugênia, ironicamente. – Pode ficar com a consciência tranquila, não há o que lhe perdoar, mas sim o que lhe agradecer.

Ao ouvir aquelas duras palavras, Júlio chorou incontrolavelmente.

Precisava, entretanto não encontrava as palavras certas para dizer a verdade. Respirou profundamente, como se buscasse força no fundo da alma, e após sonoro suspiro disse-lhe:

– Eugênia, estou muito doente, com poucas chances de recuperação.

– Como? Não brinque com coisa séria! – exclamou a moça, com os olhos arregalados.

– Sim. É verdade – disse o rapaz emocionado –, e temo que isto de alguma forma a comprometa também.

– Pode ser mais claro? O que tenho a ver com sua doença? – indagou a moça.

– Para mim é muito difícil encarar a verdade – falou sinceramente. – Tenho receio que essa mesma verdade venha lhe causar sofrimento ainda maior do que já lhe causei.

Alcançando a gravidade da situação, Eugênia ficou estática, sem conseguir sequer respirar.

Ele, emocionado, continuou.

— Quando namorávamos, infelizmente, eu não era fiel a você — disse com vergonha e arrependimento. — Tive casos com muitas outras pessoas sem tomar qualquer precaução.

Pausou por alguns segundos e novamente respirou fundo, buscando coragem, mas ainda assim as palavras saíam com muita dificuldade.

— Vamos logo, prossiga — insistiu mais uma vez Eugênia. — Estou ansiosa.

— Há alguns meses minha saúde foi ficando debilitada, me obrigando a procurar um médico — falou Júlio com aparente tristeza. — Infelizmente meu diagnóstico foi decepcionante, pois descobri que sou portador do vírus HIV. A doença encontra-se num estágio muito avançado e não há muito o que fazer.

Com a voz embargada, suplicou o perdão da ex-namorada.

— Perdoe-me, estava sem coragem de lhe procurar, talvez por medo, vergonha ou até mesmo arrependimento. — Chorando, insistiu: — Me perdoe, Me perdoe; não sei como agir para mudar esta triste realidade! — disse levando as mãos no rosto e o escondendo de vergonha.

Eugênia, emudecida, levantou-se com o andar cambaleante e entrou em seu carro. Não conseguia chorar e sequer pensar. Mas numa atitude instintiva desligou o celular, como se quisesse se desplugar do mundo e, sem destino, dirigiu aleatoriamente por horas.

Bem tarde da noite chegou a sua casa, e todos a esperavam ansiosos e preocupados pelo seu sumiço. Gabriel já havia telefonado várias vezes, deixado inúmeros recados e apenas aguardava angustiado por um retorno.

Ela desculpou-se, dizendo estar com forte enxaqueca e, por isso, precisava descansar. Subiu para seu quarto, onde passou a noite em claro.

Deitada em sua cama, seus olhos permaneceram vidrados no horizonte, completamente estagnante, como se visse o fantasma de sua própria vida estampado no teto branco de seu quarto.

Como um filme, só lhe vinha à mente a doença de Júlio e, certamente, a sua. Não queria acreditar no que estava acontecendo. Sentia que o mundo havia desabado sobre sua cabeça.

Pela manhã, abatida da noite sem dormir, passou a sentir enjoos de tudo e de todos, até mesmo de seus pensamentos. Enjoava ao pensar em Júlio, em sua doença, na faculdade, na festa de formatura, em sua família, no noivo; tudo era motivo de nojo e náuseas. Queria simplesmente desaparecer da face da Terra.

Gabriel insistia pelo celular, que se encontrava desligado. Eugênia fugia, pois estava sem coragem de encará-lo.

Depois de muito tempo, um pouco mais encorajada, retornou as diversas ligações, sendo convincente ao justificar-se que apenas não se sentia bem em virtude da preocupação com as últimas sabatinas da faculdade, bem como com a organização da festa de formatura e que, por isso, precisava repousar para repor as energias gastas.

Gabriel, como sempre muito preocupado com a saúde e o bem-estar de sua querida noiva, entendeu as suas desculpas, acreditando mesmo ser apenas estresse sazonal e passageiro.

Ao desligar o telefone, Eugênia parou para avaliar a situação e somente naquele exato instante é que percebeu a gravidade de tudo o que estava acontecendo.

Com desespero ainda maior passou mais uma noite em claro. Então, em pânico, tentando buscar uma solução, ficou por horas andando em círculos ao redor de seu quarto, o que a deixava ainda mais confusa.

Às cinco da manhã, sorrateiramente, para não chamar a atenção de ninguém, foi à cozinha, preparou um café forte; virou um expressivo gole quente e amargo e, num relance, o cuspiu antes mesmo de engolir uma única gota, pois naquela fração de segundo resolveu encarar o exame para saber se estava contaminada.

Após a realização do procedimento, sentia-se fraca, pois não se alimentava havia um bom tempo e, principalmente, não tinha dormido a noite toda.

Completamente perdida, não sabia como lidar com a triste realidade daquele momento em diante.

O laboratório agendou a entrega do resultado para as próximas quarenta e oito horas, que foram as piores por ela experimentadas em toda a sua existência. Sentia-se impotente diante da remota possibilidade de alterar o rumo de sua história.

A cada minuto que passava crescia mais e mais o ódio que sentia por Júlio e por ela mesma, por ter se envolvido com um crápula como aquele.

Até entender exatamente o que estava acontecendo, evitou, a todo custo, qualquer contato com Gabriel

Após a realização do exame, ainda muito deprimida, Eugênia foi à faculdade fugindo de tudo e de todos. Então preferiu isolar-se, sentando na última fileira, e lá permaneceu quieta, embora em pânico com a terrível situação que estava vivendo.

Repentinamente, foi abordada por Eduardo, um colega de classe distante, pois nunca havia mantido contato mais próximo com ela. Sem saber o que se passava com a colega, Eduardo, muito afetuoso, a consolou como se conhecesse toda a sua verdade.

Eugênia não entendia que força misteriosa regia aquele ser estranhamente gentil. Entretanto, de qualquer forma, aquela atitude generosa a ajudava a organizar seus pensamentos e a ter um pouco mais de confiança para enfrentar o incerto.

No término da aula, o amigo gentilmente a acompanhou até o carro, deu-lhe carinhosamente mais alguns conselhos e sugeriu vê-la de novo. Impressionada, Eugênia não hesitou em aceitar o convite.

Naquela mesma noite se encontraram num restaurante tranquilo e muito reservado; conversaram intensamente por muitas horas, o que a fez esquecer, por algum tempo, os problemas que a afligiam.

No dia seguinte, não teve força para ir à aula, passando mais um dia acamada. Porém no outro acordou mais esperançosa, passou no laboratório para buscar o resultado, o que a fez chegar com certo atraso à faculdade.

Preferiu novamente sentar-se no fundo da sala, ao lado de Eduardo.

O envelope contendo o resultado do exame queimava em suas mãos, mas ela não tinha coragem de abri-lo. Temia o estrago que aquele papel pudesse fazer em sua vida até então organizada.

Eduardo, sem saber exatamente o que se passava, com muita propriedade falou sobre medos, inseguranças e incertezas, que se contrapunham à coragem, à luta e à vitória, vindo de encontro ao que ela precisava ouvir.

Com aparente equilíbrio e doçura, afirmava à colega que para cada problema há pelo menos uma solução, e que muitas vezes, infelizmente, o medo e a incerteza escondem e enfraquecem as evidentes saídas.

Falava com bravura que a coragem e a confiança são a base de tudo na vida e, por isso, devem ser sempre a coluna de sustentação para todos os impasses que eventualmente surjam em nosso caminho.

Aqueles conselhos, vindos de uma pessoa tão jovem e bonita, mas com tão pouca experiência, a fizeram vê-lo de forma que jamais vira outro homem. Embora o seu problema persistisse, conseguia sentir imenso orgulho e respeito pelo rapaz.

No intervalo da aula, lembrando-se das palavras de apoio do amigo, embora imbuída de medo e incertezas, Eugênia dirigiu-se ao toalete levando consigo o envelope contendo o exame laboratorial.

Como havia outras alunas no recinto, disfarçou, aguardando a saída de todas.

Ainda trêmula, num verdadeiro suspense, agia como se carregasse uma caixa com explosivos. Lentamente descerrou o envelope, retirando a folha de dentro. Involuntariamente, numa atitude reflexa, enquanto desdobrava o papel cerrava os olhos, recusando-se a conhecer a verdade que poderia ser fatal.

Aos poucos, reunindo coragem e força, foi descendo lentamente os olhos, tentando decifrar números e parâmetros confusos, típicos de resultados laboratoriais, até que por fim alcançou o campo que lhe interessava.

Ao conhecer a verdade, por alguns segundos teve sua pressão diminuída, o que a fez perder os sentidos. Cambaleando, apoiou-se na bancada gélida e molhada de mármore branco polar, até conseguir voltar ao normal.

Num rompante de desespero e em razão do forte estresse, inundou-se em lágrimas. O choro era tão sentido e dolorido que certamente transcendeu o seu corpo e a sua alma.

Pálida e completamente sem chão, permaneceu no toalete por muitos minutos, tentando reunir forças para sair daquela vala profunda.

Respirou espaçadamente, exercitando o diafragma, exatamente como havia aprendido nas sessões de fonoaudiologia.

Sentindo-se um pouco mais firme, voltou o olhar para o exame já umedecido de lágrimas; dobrou-o, recolocou-o no envelope e deixou o toalete rumo à sala de aula.

Ao adentrar, pediu desculpas ao professor de ciências políticas, que havia tempo tinha começado a matéria.

Tentou permanecer na sala, porém não conseguia se concentrar, o que a fez desistir de ver a próxima aula. A única coisa que desejava naquele momento era encontrar o ombro amigo de Eduardo, agora seu confidente, mas ele não se encontrava mais lá.

Descontrolada, o procurou por toda a universidade, pois necessitava ouvir novamente os seus conselhos. Buscou descobrir onde ele estava. Indagou vários colegas sobre o seu possível paradeiro, mas sequer o celular dele conseguiu, o que a deixou ainda mais aflita.

Inconformada, deslocou-se para a secretaria para solicitar o número do telefone do amigo, o que lhe foi negado, por restrições da própria instituição, que proíbe a divulgação de dados de alunos.

Eugênia passou o resto do dia arrasada e impaciente. Só lhe interessava saber de Eduardo, tanto que se esqueceu de sua família, de seu noivo e das demais coisas de sua vida.

Para suportar o estresse e a angústia, tomou tranquilizantes, pois já não dormia havia mais de dois dias e, certamente, a euforia do resultado do exame a faria passar mais uma noite em claro.

No dia seguinte, na faculdade, novamente não conseguiu atentar-se em nada. Antes mesmo do término da primeira aula, saiu aborrecida, em virtude da ausência de Eduardo que, estranhamente, não compareceu à faculdade naquela manhã.

Chorando, decidiu voltar para casa. Entretanto, para sua surpresa, ainda no estacionamento viu que o rapaz a esperava, como se soubesse que ela não ficaria até o final do horário.

Extremamente feliz ao vê-lo, contou-lhe eufórica que, graças aos seus conselhos, havia conseguido resolver o maior problema de sua vida. Não lhe falou exatamente do que se tratava, porém se mostrava alegre e sentia-se agraciada pela existência do amigo.

Não pôde dizer-lhe sobre o exame, cujo resultado fora negativo, mas ele discretamente a isentou de qualquer satisfação, o que a deixou mais encantada.

Para Eugênia, o sofrimento, a tensão e o medo que sentiu em razão da possibilidade de estar infectada pelo vírus HIV foram os fatores que a fizeram aproximar-se de uma pessoa tão especial, por quem, a cada minuto, via despertar um imenso desejo de estar em sua companhia.

Mudanças de planos e de paixão

Na manhã seguinte, acordou um pouco mais aliviada da pesada carga que sozinha carregou e dos imensos problemas que Júlio, pessoa que pretendia riscar de sua mente, lhe causou.

Ao espreguiçar, passou suavemente as mãos no lençol alvo, sentindo a textura macia e a delicadeza do tecido. De repente, lembrou-se do agradável sonho que teve durante a noite com o seu amigo Eduardo. Isto a fez sentir imensa saudade, o que a incentivou a chegar mais cedo à universidade.

Ansiosa por vê-lo novamente, sentou-se na última fileira, porém decepcionou-se porque, mais uma vez, Eduardo se ausentara.

Aborrecida, permaneceu até o fim da aula. Na saída, foi mais uma vez surpreendida por ele, que a esperava. Sentindo-se muito feliz, Eugênia abriu um lindo e radiante sorriso, sendo igualmente recepcionada por ele com um longo e caloroso abraço.

Ainda nos braços de Eduardo, ela sentia-se fisicamente alterada: pulsação acelerada, mãos úmidas e boca salivante. Entretanto, também notava nele respiração ofegante, olhar desejoso e temperatura corporal quase febril.

– O que aconteceu? Por que não apareceu às aulas de hoje? – indagou carinhosamente Eugênia.

– Na verdade, estou muito confuso, e, por isso, estava evitando vê-la – confessou ele à colega. – Esta é a razão pela qual não tenho aparecido às aulas – continuou dizendo. – Mas cheguei à conclusão que preciso lutar pelo que sinto. Por isto estou aqui.

Entusiasmada com o que estava acontecendo, ela mais uma vez o agradeceu por tudo o que fez e, incondicionalmente, se prontificou a ajudá-lo no que precisasse.

– Eduardo, você me ajudou muito e estou aqui para retribuir, caso precise – disse a moça. – Você parece mesmo um pouco confuso. O que está acontecendo? – perguntou.

– Preciso mesmo de sua ajuda – respondeu o rapaz com certo suspense. – Mas o que tenho para lhe dizer é sério, pelo que prefiro uma conversa mais reservada. Incomodaria se fôssemos a algum lugar mais tranquilo?

Eugênia estava radiante com a possibilidade de ficar a sós com o amigo. Um lugar tranquilo era tudo com que sonhava. A atração de ambos era evidente, precisavam mesmo de um local reservado.

No trajeto, ela pensava em Gabriel e em seu casamento que estava por vir. Sentia-se angustiada, mas a vontade de conhecer melhor Eduardo era maior que seu próprio controle e pudor.

Percebendo que a colega estava disposta a ficar com ele, Eduardo não hesitou em levá-la a um motel, o que foi pacificamente aceito por ela.

No caminho, acanhados, trocaram poucas palavras, parecendo reservar os seus sentimentos e as suas forças para extravasá-los sobre uma cama. Ele, então, escolheu um lugar especial, o que a deixou ainda mais radiante.

Sentia-se um pouco insegura, pois temia que seu desejo, já à flor da pele, bem como aquele sentimento que estava aumentando a cada dia, pudesse ser diferente do dele. Todavia, ela equivocou-se, porque sem qualquer troca de palavras, desabafo ou confidência, ele a amou ardentemente.

Eugênia sentia-se flutuando nas nuvens, não conseguia ver nada nem ninguém além do enorme envolvimento com Eduardo. Aquela paixão louca foi vivida secretamente por quase três meses, até que um dia ele, ríspido, pediu para que ela se decidisse entre os dois.

Embora ela nunca tivesse planejado manter uma dupla relação, manteve o namoro secreto, ainda que noiva de Gabriel, que jamais desconfiou daquela traição. Ao contrário, o bom rapaz entendia e, com frequência, relevava a suposta fase difícil que ela atravessava. Atribuía as alterações de comportamento à proximidade do término da faculdade.

Finalmente, Eugênia formou-se com louvor, tendo alcançado nota máxima na tese defendida no trabalho de conclusão do curso.

Escolhas equivocadas

No início do mês de fevereiro, faltando apenas alguns dias para a festa de formatura, desconsiderando o amor, o respeito, a cumplicidade, a dedicação, os planos de família, filhos, que durante anos construiu com Gabriel, decidiu romper definitivamente a relação para assumir a paixão avassaladora que sentia por Eduardo.

Embora ainda gostasse muito do noivo e soubesse que ele era a pessoa ideal para fazer qualquer mulher feliz e realizada, inclusive ela mesma, cegamente fez a sua primeira grande escolha de vida, apostando que, com Eduardo, pudesse ser ainda melhor.

Então, decidida ligou para Gabriel e pediu para encontrá-la para uma conversa. Ao vê-la, com grande satisfação se aproximou, tentou cumprimentá-la com um beijo nos lábios, mas foi subitamente impedido, recebendo apenas a face para que pudesse beijá-la.

Ainda sem nada perceber, ele amavelmente falou:

— Meu amor, fiquei muito feliz com o seu convite, pois nos últimos meses estávamos afastados em razão de suas tantas atividades. Aliás, não entenda isto como uma cobrança, porque sei exatamente o que você passou.

– Gabriel, eu o chamei aqui por um motivo muito sério – disse friamente Eugênia.

– Querida, aposto que você resolveu marcar a data de nosso casamento e quis fazer-me uma surpresa, não é? – perguntou com um largo sorriso.

Ela rispidamente franziu o cenho, como quem desaprova um comentário infeliz e impertinente.

– O que foi? Fiz algo que a desagradasse? – perguntou preocupado. – Se errei, peço-lhe desculpas, porque você é a pessoa mais importante de minha vida, jamais quero magoá-la.

– Gabriel, quero dizer que está tudo acabado entre nós – disse friamente ao noivo, sem compaixão e sem qualquer chance de defesa. – Não há mais namoro, noivado, casamento, nada. Infelizmente, não sinto o mesmo amor de antes. Logo, não posso ser sua mulher nestas circunstâncias.

– Não brinque com essas coisas! – ele falou desesperado. – O que está se passando? Querida, isto é apenas uma confusão passageira, você acabou de passar por um estresse muito grande. Eu posso esperar o tempo que for necessário, não tenho pressa.

– Gabriel, me esqueça definitivamente e não insista, porque minha decisão também é definitiva – concluiu impiedosamente. – Me esqueça para sempre. E mais, peço-lhe que ignore minha formatura, deixe-me ter apenas boas lembranças de minha festa e não me procure mais.

Ao ouvir tão duras palavras, calou-se, a pedido da mulher amada, e embora as lágrimas caíssem sem controle, partiu sem mais nada dizer.

No grande dia, Eugênia radiante com o seu baile de formatura, vestia um belíssimo modelo azul da cor do oceano, cravejado com finas pedrarias. Exuberante, mostrava-se realizada e muito feliz.

Sabia que a sua alegria não era compartilhada por seus familiares e amigos. Embora ninguém se conformasse com a abrupta separação, para ela pouco importava, pois seu encantamento por Eduardo era cada vez maior.

Todos, até então, apenas desconfiavam da existência de outra pessoa na vida dela, mas naquele dia, diante do óbvio e explícito envolvimento com o rapaz, tiveram a certeza.

Na pista, os dois dançavam sem a pretensão de ocultar a relação. Eugênia, envolvida nos braços de Eduardo, encontrava-se em êxtase.

Ele acariciava os ombros, descendo delicadamente as mãos pelo seu corpo, sentindo as curvas esculturais, tateava a textura do maravilhoso vestido. Naquele instante, com pesar, ela se lembrou que havia sido presente de Gabriel, mas numa atitude reflexa meneou a cabeça para esquecer o insignificante detalhe.

Nas semanas que se seguiram, o casal assumiu publicamente o romance, inobstante não tivessem a aceitação das demais pessoas, que admiravam a relação dela com o bom moço Gabriel. No entanto, para os dois, o que os outros pensavam era indiferente, pois estavam felizes, e isto era o que bastava.

Gabriel, magoado, ao saber que havia sido injustamente trocado por outra pessoa e que sua amada estava radiante de felicidade, resolveu cuidar de sua carreira profissional, já que o sofrimento da separação ainda era muito grande.

Gabriel rumo a Lisboa

Como planejava iniciar a residência médica apenas após o casamento, o que não mais ocorreria, Gabriel decidiu adiantar o curso em Lisboa, já que nada mais o interessava na cidade do Porto.

Assim, na intenção de resolver todos os seus problemas de uma única vez, mudou-se para a capital, para ficar fisicamente distante de sua amada e iniciar a sua tão sonhada especialização.

Então, inscreveu-se no Hospital Lusíada de Lisboa, fez as provas de proficiência e, por óbvio, passou em primeiro lugar.

Optou pela área neuropediátrica, pela adoração que sempre teve por crianças. O curso se estenderia por dois anos. Como possuía excelente currículo, o próprio conselho do hospital o contratou como médico clínico enquanto cursava a residência, o que desde logo viabilizou a conquista de um excelente salário.

O bom rapaz era disciplinado, dedicado e reconhecidamente capaz e, em pouco tempo, fez muitas amizades, conquistando admiradores e, principalmente, muitas fãs. Entretanto, obstinado, preferia pensar somente em sua carreira profissional, uma vez que o seu coração ainda se encontrava muito machucado pela injusta traição.

Nos finais de semana, quando não tinha plantão programado, não descansava e nem saía com amigos para relaxar, preferindo fazer visitas nas instituições filantrópicas, onde realizava um belíssimo trabalho voluntário com crianças carentes da periferia da capital.

Eugênia ainda encontrava-se enamorada, embora Eduardo já não fosse a mesma pessoa de antes. Então, às vezes, se surpreendia pensando em Gabriel, como se ainda fizesse parte de sua vida. Tinha a convicção de que ele não a esquecera, o que lhe dava mais segurança para manter sua relação com o namorado. Tinha vontade de vê-lo e, não poucas vezes, com saudades, ligava para o celular do médico de um telefone público, simplesmente para escutar a sua voz, porém não tinha coragem de se revelar.

Era um sentimento dúbio que, infelizmente, a deixava confusa e insegura quanto à sua escolha.

Alguns meses se passaram, e Bia, sua amiga de infância e colega de faculdade, inocentemente, na tentativa de alertar a amiga, disse-lhe que todos os colegas comentavam que Eduardo não era quem aparentava; tratava-se de um sujeito arrogante e excêntrico, não passando de um conquistador barato e que ela deveria se preparar para o pior.

Indignada com os indesejáveis conselhos, Eugênia mais uma vez se afastou da amiga bem como das demais pessoas que não aprovavam a relação com Eduardo.

Numa tarde de sábado, temperatura agradável de verão, Eugênia caminhava às margens do Foz do Douro, quando repentinamente encontrou-se com o irmão caçula de Gabriel, Thiago, por quem sempre nutriu grande carinho e afeição. Ao receber a notícia de que o ex-noivo havia se mudado para Lisboa e que estava bem profissionalmente, sentiu-se inconformada e com a nítida sensação de abandono, como se o ex-noivo ainda lhe pertencesse e devesse satisfação de seus passos.

Voltou para casa arrasada, trancou-se em seu quarto, coração apertado pelo sentimento de perda, e desmarcou a balada combinada com o namorado.

Na manhã de domingo, Bia, apesar do desprezo das últimas semanas, ligou para a amiga e contou-lhe que viu Eduardo com outra garota na noite anterior, em uma choperia. Eugênia, após desligar o celular, ligou para ele, que não a atendeu.

Descontrolada, foi à casa do rapaz, que nada sabia, pois não havia visto Bia. Então Eugênia resolveu aguardar para ver se ele contaria a verdade. Entretanto, ao contrário do que esperava, foi recebida e tratada com muita frieza e rispidez, sendo ainda obrigada a ouvir que, por culpa dela, ele havia passado uma péssima noite, trancafiado em seu quarto apenas assistindo TV.

Por algum tempo, Eugênia chegou a acreditar que tudo não passava de intriga de Bia, que claramente reprovava a relação.

No decorrer do tempo, Eugênia começou a notar que o namorado vinha se afastando sistematicamente, inclusive a tratando com muita distância e indiferença. Percebia que o relacionamento se tornava cada vez mais insustentável.

De namorado dócil, educado, companheiro, transformou-se em pessoa dura, fria, machista e mesquinha, que a deixava sempre relegada a segundo plano.

Ela muitas vezes sentia-se aborrecida com as atitudes insensatas de Eduardo, mas relevava. Afinal, ao contrário dele, estava num excelente momento profissional. Advogava em um renomado escritório onde pretendia seguir carreira.

Embora ele tivesse participado da festa de formatura, não havia colado grau, pois possuía muitas dependências a serem cumpridas. Na verdade, nunca se esforçou para ser um bom aluno. Aparentemente, não se preocupava com o futuro e, irresponsavelmente, dizia que havia estudado apenas para satisfazer o pai.

Fim anunciado

Após um ano e meio de namoro, Eduardo marcou um encontro com Eugênia, ao término do expediente de trabalho dela, pois tinha um assunto importante para tratar com ela.

Foi o encontro mais gélido que tiveram durante o tempo em que namoraram. De forma direta e dura, sem rodeios, foi ao que interessava:

— Pensei que fosse uma mulher melhor — esbravejou Eduardo. — Infelizmente, vejo que me equivoquei. Não gosto mais de sua companhia, pois você exige muito de mim. Só se preocupa com minha carreira profissional, quer me obrigar a trabalhar, vive interferindo na minha vida, não me dá paz, por isso acho melhor cada um seguir o seu rumo.

Aquelas gélidas e duras palavras enfraqueceram os ânimos de Eugênia que, mesmo muito decepcionada, decidiu aceitar o rompimento sem contestar, principalmente porque já havia passado por isso antes e se recuperado.

Voltou para casa e derramou algumas poucas lágrimas. Entretanto foi Bia, a pessoa que injustamente ela também havia desprezado, que a consolou. Antes, porém, completamente envergonhada por suas insensatas atitudes, tentou se desculpar com a amiga.

— Não aceito suas desculpas, amiga — falou Bia carinhosamente —, pois entendo que você estava enfeitiçada por aquele mau caráter.

— Mas, de qualquer forma, preciso ouvir de sua própria boca que não está com raiva de mim e de minhas tolices. Fui muito injusta com você — insistiu Eugênia.

— Não tenho nenhum rancor, porém devo confessar que estou muito feliz com o final de seu namoro, simplesmente porque você merece pessoa muito melhor e de boa índole — disse aliviada, mas com o mesmo respeito de sempre.

Eugênia voltou para casa mais leve e tranquila, porém mesmo assim a noite foi longa, pois por várias vezes perdeu o sono. Durante a insônia, remoía sua história com Eduardo e lembrava-se do quanto havia abdicado por ele. Triste, pensava em Gabriel, em sua família, na sua liberdade e em tudo o que ele queria e conseguiu lhe tirar.

FRAQUEZA E SUICÍDIO

NA SEMANA SEGUINTE, SUA MÃE, d. Noêmia, muito assustada, pediu por telefone, para que voltasse do trabalho imediatamente para casa porque havia ocorrido algo muito difícil.

– Minha filha, aconteceu uma tragédia – falou sua mãe chorando e indignada. – Júlio não suportou a doença e se atirou do décimo quinto andar do prédio.

Abalada com e triste situação, esquecendo-se de todo o mal que ele lhe fez, sofreu por mais uma perda.

Naquele instante, recordou-se de suas perdas: a principal e maior de sua vida foi Gabriel, que definitivamente mudou-se para Lisboa. Depois, Eduardo, que há pouco havia rompido o namoro. Por fim, Júlio, seu amigo de infância e ex-namorado, que desistiu de lutar pela vida. Tudo isso foi tão forte e marcante que a levou a uma crise depressiva, obrigando-a a encarar um sério tratamento psicológico.

Pendências afetivas

Nas sessões semanais, a dra. Mey, uma das mais renomadas psicólogas da cidade do Porto, com vasta experiência em psicanálise, lidava com questões ligadas à separação, perdas e derrotas, o que, aliás, vinha se passando com frequência nos últimos anos na vida de Eugênia.

A experiente psicanalista mostrava a ela que em situações em que o agente motivador da separação se resume em perda, normalmente o sofrimento tendencia ser maior. O que se encaixava perfeitamente no que vinha acontecendo com a moça desde o rompimento com seu primeiro namorado.

A dra. Mey tentava motivá-la a falar sobre o seu explícito sentimento de abandono, rejeição e substituição, o que lhe vinha acarretando desestímulo, humilhação e baixa autoestima.

A especialista dizia que os reflexos de tudo que vinha acontecendo com ela deveriam bem tratados para não se transformar num trauma futuro.

Cada vez mais Eugênia mostrava-se arrependida por muitas coisas que fez. Porém ao mesmo tempo atribuía os resultados negativos às fatalidades normais a que todos estão sujeitos a viver. Entretanto, não se perdoava por ter abandonado a pessoa que mais a amou e ao mesmo tempo também o culpava por ele não ter lutado por ela.

Redescoberta do amor

Nas sessões semanais, Eugênia tentava se convencer que o melhor para sua vida era procurar Gabriel e reatar o noivado.

— Doutora, ele — referindo-se a Gabriel — era a pessoa ideal para minha vida. Nós nos amávamos muito, fizemos tantos planos para o futuro; tínhamos convicção de nossa felicidade. Nosso relacionamento era pautado em mútuo respeito, apoio, luta para um futuro brilhante. Infelizmente, o golpe duro que o destino me pregou foi causador de nossa separação.

— O que a fez desistir do noivado? — perguntou a terapeuta.

— O simples fato de pensar na possibilidade de estar infectada pelo vírus HIV, como sugerira Júlio, meu ex-namorado, me deixou sem chão e extremamente angustiada — falou emocionada —, principalmente porque não podia me abrir com ninguém.

— Apeguei-me a Eduardo, que mesmo sem saber de nada, ofereceu-me o seu ombro amigo. Isso gerou em mim uma grande confusão e dependência — explicou Eugênia com a voz embargada. — Equivoquei-me achando que não mais amava Gabriel, assim como imaginei que era amor o que eu sentia por Eduardo. Hoje, infelizmente, perdi tudo e me sinto derrotada.

– Eugênia – disse a dra. Mey –, as separações em que o amor de um lado ainda é muito grande são como enormes ferimentos que causam dor, estresse e mal-estar. Mas com o tempo e com os devidos cuidados cicatrizam. É necessário respeitar o tempo de superação da perda, utilizá-la como lição de crescimento.

– Mas, doutora – interrompeu Eugênia –, apesar deste sentimento de derrota preciso de sua ajuda; não quero que esta tal ferida se cicatrize. Ainda amo Gabriel, quero lutar por isso. Tenho certeza de que ele ainda não me esqueceu e que, certamente, também não cicatrizou o ferimento que nele causei. Por isso devo tentar.

– Estou aqui para ajudá-la – disse a especialista. – Mas primeiro deverá resolver a pendência afetiva com Eduardo, para apenas depois, se for o caso, se entregar verdadeiramente a Gabriel.

Pensativa, tentou absorver as palavras da terapeuta que desprezava o verdadeiro amor que ainda sentia pelo ex-noivo.

– Não, doutora – enfatizou Eugênia. – Não tenho nada a resolver com Eduardo. Infelizmente, hoje vejo que fui envolvida, hipnotizada ou, talvez, manipulada por ele. Vou seguir em frente com os meus planos, pois quero Gabriel de volta.

– Eugênia, antes de mais nada deverá ter certeza de seus sentimentos – insistiu a dra. Mey. – Não corra o risco de fazê-lo sofrer novamente e nem de se machucar. Entenda que o amor não é um jogo, o qual perdê-lo tem sabor de derrota. Com Gabriel, você dava as cartas, o que não aconteceu com Eduardo, e isso pode estar causando em você um sentimento de impotência, e gerando, agora, a necessidade de mostrar para o mundo que ainda é capaz de comandar um homem.

Embora a psicóloga insistisse para que Eugênia avaliasse com maturidade o que na verdade sentia, bem como resolvesse os conflitos afetivos que ainda pendiam de solução, ela, desprezando a técnica e a experiência da profissional, procurou Gabriel.

Por telefone, serena e muito amável mostrou-se culpada e bastante arrependida pelo rompimento do noivado.

No início ele, aparentemente seguro e determinado, afirmou com frieza já tê-la esquecido e que não pretendia mudar absolutamente nada.

No entanto, sentindo-se sensibilizado pelo dolorido choro de arrependimento e de remorsos, bem como pelas argumentações de ex-noiva de que, na época, atravessava uma fase muito difícil, que a fez se perder em si mesma, concordou em visitá-la no Porto.

Nos dias que se seguiram, eufórica com a possibilidade do reencontro, nas psicoterapias Eugênia travava sérias discussões, em razão da discordância da dra. Mey, que reafirmava que ela ainda não estava preparada para encarar ou retomar o relacionamento com o ex-noivo.

Entretanto de nada adiantou, porque determinada a reatar seu antigo relacionamento, manteve sua posição.

Eugênia estava tão ansiosa que, desprovida de qualquer lógica, mas com instintos claramente sarcásticos, telefonou para Eduardo e contou-lhe da possibilidade de reatar o noivado com Gabriel.

Afrontado e transtornado, Eduardo a maltratou e, num tom profetizador, lhe disse:

– O que é seu está guardado, o futuro lhe mostrará!

Feliz por tê-lo atingido, ela desligou o telefone dando altas e gostosas gargalhadas.

Na sessão que antecedia a chegada de Gabriel ao Porto, Eugênia, com enorme satisfação, contou à psicoterapeuta que havia ligado para Eduardo e que, nitidamente, havia conseguido magoá-lo.

Então, mais uma vez a dra. Mey ressaltou que aquele comportamento inconsequente e imaturo demonstrava a suscetibilidade que ela vinha experimentando perante determinadas situações. Isso a levava a ter certeza de que a relação com Gabriel apenas sobreviveria caso fossem resolvidas, definitivamente, as mágoas e dores deixadas por Eduardo.

Eugênia, novamente indignada com a intromissão da psicóloga, se conteve para não a agredi-la verbalmente.

Reencontro no Porto

Superada a ansiedade, o dia do reencontro chegou e aconteceu numa maravilhosa e ensolarada tarde de sábado, no agradável restaurante D. Tonho, situado na esplanada Calem, Vila Nova de Gaia, lugar que constantemente frequentavam.

O lugar romântico e encantador, com vista privilegiada para o rio Douro e para a magnífica ponte D. Luís I, propiciou um encontro exatamente como Eugênia esperava.

Ela não se continha de alegria e deixava transparecer toda sua satisfação em estar na companhia de Gabriel. Via também nos olhos dele a paixão que ainda nutria por ela. Embora tentasse e relutasse esconder, estava claro que ainda a amava.

No início, a conversa foi amena. Gabriel a elogiou pela excelente escolha do lugar, já que era muito marcante para ambos, que lá comemoravam quase todas as datas especiais.

Comentou sobre o caprichado cardápio e, como sempre, elogiou o bacalhau à Narcisa, que para ele era o melhor de todo o país.

Ele não deixou, como habitualmente fazia, de exaltar o vinho de sua terra, que era uma das coisas que aprendeu a apreciar desde muito cedo com os seus avós.

Repetia, com orgulho, que Portugal ainda é um país que procura manter a tradição em sua produção vinícola.

Um pouco mais relaxado, erguendo uma taça de um bom tinto, Gabriel repetiu com doçura e romantismo a célebre frase de Pierre Leroi, renomado crítico literário francês:

– "O vinho de Portugal? É todo o sol, a luz, a cor e a vida inteira deste maravilhoso país."

No intuito de desviar-se do assunto que interessava muito mais a ela, o médico continuava a discorrer sobre outras coisas interessantes.

Com entusiasmo falava sobre as diferenças entre o Porto, lugar onde nasceu e sempre amou, e a metrópole Lisboa, lugar que recentemente o acolheu e estava aprendendo a amar.

Com propriedade, dizia que a capital, além de ser a cidade mais rica do país, era a terra das oportunidades, de pessoas maravilhosas e hospitaleiras e que, apesar das belezas e riquezas, muito lhe entristecia saber que também era considerada uma das cidades mais poluídas de toda a Europa.

Igualmente com orgulho e satisfação, enaltecia sua terra natal.

– A cidade do Porto – disse com brilho no olhar – é um pedacinho especial que Deus reservou para Ele, mas que com muita benevolência nos emprestou por um tempo determinado, motivo pelo qual devemos dela cuidar.

Com olhar de encantamento, Eugênia, com as mãos sob o queixo, num gesto de admiração pela docilidade e cultura do ex-noivo, carinhosamente indagou.

– Agora podemos falar sobre nós e nosso futuro? Afinal, estamos aqui para isto, não é?

Era nítida a sua intenção de esquivar-se do objetivo daquele encontro, mas ao ver no rosto de Eugênia a ansiedade para que ele migrasse para o assunto que ali os reuniu, decidiu enfrentar os medos e inseguranças e, mais fortalecido, encorajou-se.

A partir de então, a conversa foi mais gélida e difícil, porque ele precisava desabafar e colocar para fora tudo o que estava sentindo desde a separação. Necessitava expor todo o mal que ela injustamente lhe causou.

– Eugênia – disse Gabriel com muita seriedade –, durante esse tempo em que ficamos separados, por algumas vezes tive muita vontade de desaparecer, pois sentia que meu corpo e alma estavam se desintegrando. Fiquei perdido com o rompimento; o futuro, por um bom tempo, deixou de fazer sentido.

Com a voz trêmula, prosseguiu:

– Parecia que uma parte de mim havia morrido e a outra mal conseguia se manter de pé. Somente uma coisa me salvou: o trabalho. Fui obrigado a mergulhar intensamente no profissional, mas graças a Deus me superei. O trabalho se transformou na melhor e na mais eficaz terapia. Não superei com facilidade, pois a dor, a mágoa, a tristeza, o rancor me corroíam. Perdi muitas noites de sono e, inúmeras vezes não conseguia sequer me alimentar.

Atenta, Eugênia processava todas aquelas tristes confissões.

– Não me conformava em perder a mulher que amava e muito menos da forma fria e injusta com que a perdi – olhos rasos d'água, o rapaz continuou. – Você, Eugênia, sempre foi minha referência, meu ponto de equilíbrio, meu norte, meu chão, meu tudo. Minha vida não fazia sentido se não fosse ao seu lado.

Com semblante triste, ela sentia arrependimento por ter causado tamanho sofrimento.

– Com você, Eugênia, eu acordava, dormia, estudava, trabalhava, sonhava, sempre por nós. Em todos os meus planos e objetivos, você estava inserida. Infelizmente, fui apunhalado pelas costas, pois a mulher da minha vida, desprezando tudo o que vivemos e de forma egoísta, simplesmente me descartou.

Pausou por alguns segundos para conter as lágrimas que estavam prestes a cair.

– Daí – continuou –, em questão de minutos despenquei do mais alto do céu ao mais fundo do inferno.

Ela não se conteve e deixou que o pranto a invadisse.

– Sofri tanto – continuou o bom moço – que nem mesmo sei como consegui superar. Hoje estou bem e recuperado. Vivo num lindo e confortável apartamento em Lisboa, cidade que com tanto carinho me acolheu, trabalho com o que escolhi por vocação; enfim, estou bem o suficiente para me arriscar novamente. Por isso, para mim é imprescindível ouvir de sua boca o que pretende com este encontro? Por que me procurou?

Emocionada com as comoventes confidências de Gabriel, tentou pausadamente responder às suas perguntas.

– Gabriel, hoje posso avaliar melhor o que você sentiu e o mal que lhe causei. Tenho consciência do erro que cometi. Mas tente entender, eu passava por um momento muito difícil. Acabei me perdendo e, pior que isso, perdendo você, a pessoa mais importante de minha vida – disse.

Apesar da mágoa, ele se sentia feliz com as declarações da mulher amada.

– Mas esse tempo foi bom para eu descobrir que é você quem amo e é com você que quero me casar e ter filhos. Somente você pode me fazer feliz e realizada – declarou com certeza Eugênia. – Peço perdão pelos erros que cometi. Acho que estou mais madura e agora tenho mais condições de lhe fazer feliz.

Comovido, porém cheio de dúvidas, Gabriel, com olhos marejados, disse:

– Temo que você esteja ressentida e infeliz pelo recente fim de seu namoro e queira me usar para dar a volta por cima. Pense muito bem sobre o que quer de sua vida. Não me use, não me engane, pois não mereço. Sempre desejei o seu bem, inobstante todo o mal que me fez – disse ele com bastante preocupação.

– É injusto você pensar assim – murmurou Eugênia. – Porque você bem sabe que se não o amasse, não estaria implorando o seu perdão. Adoro você e pretendo viver isso até o fim de meus dias. Tudo o que fiz foi apenas um deslize, jamais se repetirá, tenha certeza disso.

– Eugênia, tudo é muito novo para mim. Infelizmente, preciso de um tempo para pensar e decidir. Estou muito confuso com tudo isso e não pretendo me precipitar.

Depois de horas de conversa dura e muito franca, o médico pediu para que ela também pensasse melhor. Confessou que a amava e que nunca desistiu de seu amor, mas não estava disposto a sofrer novamente.

Ela, feliz, concordou com o tempo sugerido por ele e marcou o próximo encontro em quinze dias, no mesmo lugar e hora.

Decidiram não se comunicar naquele período, sequer por telefone. Deveriam ter certeza do que queriam e, então, apenas compareceriam no encontro se estivessem convictos. Prometeram sigilo, principalmente para não gerar expectativas nas duas famílias.

Durante as semanas, ambos, embora respeitassem as regras por eles mesmos impostas, esperavam ansiosamente pelo momento do reencontro.

Lágrimas no rio Douro

No sábado marcado, Gabriel, decidido, chegou com antecedência. No entanto, estava com muito receio que sua amada desistisse e não aparecesse.

A angústia aumentava a cada segundo, o que o deixava cada vez mais aflito.

Após mais de meia hora de atraso, triste e arrasado, na certeza de que sua amada não apareceria, levantou-se, foi para o deque, postou a cabeça na grade de proteção e baixou o olhar para as águas frescas do rio Douro, que receberam com muita tristeza as lágrimas quentes daquele amante amargurado.

Sozinho, murmurava:

– Eu sabia, eu sabia, eu sabia...

De repente, ouviu uma voz macia e doce interrompendo a sua lástima:

– Lógico que você sabia – disse a moça chegando cada vez mais perto – que eu te amo muito!

Surpreso e entusiasmado de prazer e dúvida, ouviu aquela suave frase que o deixou estagnado. Pensando estar sonhando, não teve coragem de virar-se, permanecendo ali por alguns segundos, paralisado.

Em pouco tempo, sentiu os braços da mulher querida o envolvendo pelas costas. Aliviado e envergonhado de seus equivocados pensamentos, enxugou as lágrimas, virou-se e a abraçou calorosamente.

— Perdoe-me, meu amor — falou melosamente Eugênia —, tive um problema mecânico no meu carro, aliás, tive que vir de táxi, somente por isso me atrasei — se justificou.

— Eu estava com tanto medo que não viesse — falou Gabriel com emoção. — Achei que tivesse desistido de mim novamente.

— Como eu poderia não vir? — perguntou emocionada. — Você é a pessoa mais importante de minha vida.

Juntos passaram toda a tarde naquele paraíso, trocando juras de amor e retomando os planos de vida a dois.

Tiveram a noite mais ardente e encantadora de suas vidas. Eugênia jamais recebeu tantos beijos e carinho. Na verdade, nunca havia sido tão desejada e amada em toda a sua vida.

No dia seguinte, Gabriel explicou a ela que, apesar de sentir muito, preferia não visitar os pais dele, pois certamente desconfiariam e os dois perderiam a chance de fazer uma grande surpresa às famílias.

Combinaram que dariam a notícia somente em quinze dias. Eugênia, mesmo sem carro, fez questão de acompanhá-lo ao aeroporto de táxi.

No trajeto, Gabriel a convidou para passar o próximo fim de semana em Lisboa. Com muito entusiasmo, ela aceitou. Então, para sua surpresa, ele imediatamente tirou do bolso o bilhete aéreo que já havia comprado, mesmo antes de saber se ela apareceria ao encontro.

Depois de tudo combinado, reiteraram que somente contariam sobre a retomada do noivado para todos os familiares e amigos na semana seguinte do retorno dela de Lisboa.

LISBOA ROMÂNTICA

O FINAL DE SEMANA NA CAPITAL FOI ESPETACULAR. Ficaram no sofisticado e romântico Hotel Bairro Alto, onde se divertiram muito.

Gabriel fez questão de levá-la ao show de fados mais tradicional de Portugal, na elegante Casa de Linhares, localizada na Alfama. Lá, saborearam um delicioso bacalhau, apreciaram um dos melhores vinhos nacionais e assistiram ao belíssimo show, que embora simples, transmitia a emoção da verdadeira música raiz da terra que tanto amavam.

Orgulhoso em receber sua amada, fez questão de contar um pouco sobre aquele lugar místico e muito interessante.

– Este lugar me impressiona – disse Gabriel –, pois sua história é muito envolvente. Este prédio pertenceu aos condes de Linhares. A estrutura é da época da construção, de estilo renascentista, que ruiu no terremoto de 1755.

Eugênia, apaixonada, olhava radiante para o amado que, como sempre, demonstrava vasto conhecimento.

– Dê uma olhada no pé-direito – disse apontando para cima –, possui sete metros. As paredes foram feitas com tijolo de barro, e as colunas são de pedra, onde sobressai aquela enorme e maravilhosa lareira.

Radiante de alegria e realização por estar com a mulher amada, disse:

— Espero que goste e aprove a minha escolha.

— Gabriel, qualquer lugar com você é maravilhoso — respondeu a moça completamente enamorada. — Estou feliz por estar aqui com você e este lugar me encanta muito.

Naquela noite oficializaram a retomada do noivado e marcaram a data do casamento.

A próxima semana foi recheada de grande alegria e emoção para todos, ao saberem que os dois haviam reatado o noivado.

As famílias, com enorme satisfação e orgulho, imediatamente retomaram os preparativos da festa.

Eugênia e Gabriel decidiram que em seis meses se casariam e iriam morar em Lisboa.

Na mesma semana, Eugênia solicitou transferência para a filial que ficava na zona central da capital. Foi prontamente atendida, e logo após as núpcias começaria no novo escritório.

Os dias que se seguiram foram os mais felizes para todos. Eugênia e sua mãe constantemente faziam compras para o enxoval. E inúmeras vezes participavam das reuniões com a promotora que organizava o evento para resolver sobre bufê, banda, decoração, vestido de noiva, padrinhos etc.

Gabriel, entusiasmado com o casamento, comprou um novo apartamento, mais requintado e maior. Não mediu esforços e contratou um renomado decorador para deixar tudo maravilhoso e perfeito para receber a mulher de sua vida.

Fez reserva, junto a seu agente de viagens, das passagens e do hotel em que ficariam na lua-de-mel. O destino foi minuciosamente escolhido. Iriam para o paradisíaco litoral do estado da Bahia, no Brasil.

Um colega médico havia passado férias na praia de Arraial d'Ajuda e de tão maravilhado contagiou a todos, fazendo com que Gabriel não hesitasse em escolher tal lugar para iniciar sua vida de casado com a mulher de seus sonhos.

Em razão das novas alterações de planos, já que em breve mudaria de cidade, ela fez um cronograma de sessões psicoterápicas, pois logo o tratamento seria interrompido.

Nas consultas, Eugênia não se sentia muito a vontade em falar sobre os últimos acontecimentos, pois era evidente que a psicóloga não concordava com a forma escolhida por ela para retomar um relacionamento tão sério.

A dra. Mey, dizia insistentemente a Eugênia que enquanto as pendências afetivas com o ex-namorado não fossem resolvidas, sua vida não se encaixaria.

Escolha definitiva

SOMENTE UM MÊS ANTES DAS NÚPCIAS Eduardo teve a certeza de que a sua ex havia voltado definitivamente com o noivo e que o casamento iria acontecer em breve. Então, num sábado, quando ela e a mãe, d. Noêmia, estavam no shopping escolhendo os lençóis, Eduardo, pelo celular, insistiu num breve encontro.

De forma autoritária e arrogante, a obrigou a encontrá-lo. No início, ela resistiu, dizendo não ter absolutamente nada a tratar com ele. Mas depois de muita insistência pensou na chance que teria em agredi-lo mais uma vez, já que ele a teria abandonado sem qualquer justificativa.

No encontro, Eduardo, aparentemente amável, confessou que jamais deveria tê-la deixado, porque ela ainda era a mulher ideal para sua vida. Ameaçou-a dizendo que se não entendesse o seu sofrimento, seria capaz de cometer uma loucura, da qual ela se arrependeria amargamente pelo resto da vida.

Cega e hipnotizada, exatamente como da vez anterior, não conseguiu avaliar se aquele sentimento que ele tentava exprimir era amor, ameaça ou loucura.

Depois de várias investidas, na tentativa de beijá-la, ela não resistiu e concordou que ainda sentia uma forte e inexplicável ligação, mas quis deixar claro que jamais o perdoaria e que estava decidida a casar-se com Gabriel.

– Veja bem, Eugênia – falou o rapaz com determinação –, você não está entendendo. Jamais permitirei que se case com Gabriel ou com qualquer outro homem, porque você sabe que sou a pessoa ideal para você. Deixe-me ser o seu marido.

– Marido? – pergunta Eugênia. – A quem você quer enganar? – retrucou com ironia.

– Sim, marido – responde com rispidez. – Quero me casar com você, ter muitos filhos e ser verdadeiramente feliz. Estou trabalhando no escritório de meu pai e já posso sustentar uma família. Não suportarei o seu abandono ou sua recusa. Terá que ficar comigo, caso contrário jamais será feliz. Posso fazer de sua vida um inferno.

Durante uma semana, Eduardo não deu um só minuto de paz a Eugênia. Mandava telegramas, flores, cartas, mensagens de amor, o que a deixou sensivelmente abalada e indecisa.

Novamente hipnotizada, confusa, mas de certa forma feliz, pela humilhação a que ele se prestou, ela ficou de pensar, embora soubesse que tudo não passava de uma loucura. Naquele instante, pela primeira vez concordou com a psicanalista.

– É verdade – pensou Eugênia em voz alta. – Existem pendências a ser resolvidas; minha história com Eduardo não acabou. Como fui idiota e imatura ao não escutar os óbvios conselhos da doutora. Eu estava enganada quando imaginei que Gabriel fosse o amor de minha vida; agora sei que apenas queria apagar Eduardo de minha cabeça. Achei que ele somente tivesse me usado, mas ele me ama de verdade. Só não sei como lidar com isso. Gabriel, certamente, sofrerá muito mais que antes, e isso eu não quero.

Depois de alguns dias, empolgada, Eugênia se abriu com a psicóloga.

– Querida – falou com delicadeza a dra. Mey –, acredite, só quero o seu bem. Tente entender que quando eu a aconselhava, não estava apoiando a retomada da relação com Eduardo, que, aliás, avalio não ser o melhor para o seu futuro.

– Mey, não entendo – falou Eugênia balançando negativamente a cabeça. – Imaginei que adoraria a novidade. Aliás, vim para dizer que estou pensando seriamente no convite dele e, se tudo correr bem, você será minha madrinha de casamento.

– Sinto muito, minha querida, você não pode fazer isso com Gabriel. Avalie as reais intenções de Eduardo. Cuidado para não se machucar. Acho que você está se equivocando novamente. Não faça isto, você acabará com sua vida, de sua família e de seu noivo – disse a psicanalista com determinação. – E mais: se você insistir nessa loucura, não conte comigo. Jamais aceitarei testemunhar um casamento fadado ao fracasso.

– Jamais imaginei escutar isso de você – murmurou Eugênia. – Sinto-me bastante magoada.

Saiu do consultório arrasada. Precisava, então, sozinha, reunir forças para enfrentar o mundo. Chegou em sua casa e carinhosamente abraçou o pai, que estava assistindo TV, deu-lhe um longo beijo na cabeça e disse:

– Sabia que eu adoro você? Você é o melhor pai do mundo!

– O que você quer agora, hein? Está me agradando demais. Aposto que quer comprar mais e mais coisas para o enxoval, não é? – perguntou, brincando.

– Não, papito. Preciso apenas conversar um pouquinho. Na verdade, preciso de uns conselhos. Estou muito confusa, e sua ajuda será fundamental para meu futuro. Posso?

– Lógico, minha querida, para você estou sempre pronto – respondeu carinhosamente.

Com certa dificuldade, contou que estava pensando em não se casar mais com Gabriel, pois pairavam muitas dúvidas que lhe tiravam a certeza de tudo.

Seu pai, sr. Manoel, como sempre retilíneo e equilibrado, de forma bastante compreensiva, pensando no melhor para a filha, ponderou:

– Filha, adoramos o Gabriel e sabemos que ele é a pessoa ideal para você, por isso fazemos tanto gosto – falou com doçura –, mas a apoiaremos sempre e incondicionalmente. Se não se sente segura, não se precipite, converse com ele e tudo se resolverá.

Com carinho, continuou:

– Filha, sua mãe e eu sempre sonhamos vê-la feliz e realizada. Então, esteja certa, estaremos sempre do seu lado, pois sabemos que você é um ser humano excepcional e jamais fará quem quer que seja sofrer. Certamente, você deve ter os seus motivos. Aliás, se não quiser nem precisa revelá-los. Se há dúvida quanto ao casamento, não se case; espere um pouco mais, repense com calma.

Repleto de razão e sabedoria concluiu:

– A união entre duas pessoas é algo muito sério, que requer muita responsabilidade. Por isso, deverá optar pelo casamento apenas quando se sentir madura, segura e preparada. Conte com o nosso total apoio. Festa, convidados, presentes, tudo isso são coisas supérfluas que podem ser contornadas. Se precisar, posso ajudá-la a esclarecer tudo a Gabriel e à família dele, que certamente, por serem pessoas boas e equilibradas, entenderão.

Eugênia, emocionada, agradeceu os conselhos do pai, mas com receio de ser julgada, preferiu omitir o real motivo que a levou a desistir do casamento.

Dois dias se passaram e Eugênia não conseguia se concentrar em nada, pois precisava falar com Gabriel, mas tinha muito temor em magoá-lo mais uma vez. Afinal, nutria imenso carinho por ele e, além do mais, faltavam apenas quinze dias para as núpcias.

Mais um duro golpe

Preocupada e pensativa, Eugênia subiu para seu quarto, separou uma camisola branca e leve, pois o calor estava intenso, preparou a banheira com perfumadas espumas, ervas e sais coloridos. Prendeu os longos cabelos louros cacheados, mergulhou o belo corpo na água ligeiramente morna e relaxou por horas.

Aquele momento de relaxamento e reflexão a ajudou a chegar à óbvia conclusão de que não havia jeito doce, ameno ou fácil para romper o noivado com Gabriel, principalmente depois do sofrimento que já causara. A dor era notória e previsível. Por isso, resolveu abreviar a amargura que tomava conta de seu peito e enfrentar definitivamente o problema.

Saiu da banheira, enxugou-se, vestiu a confortável camisola e acomodou-se na beira de sua cama. Ficou alguns segundos olhando para o telefone, tentando reunir forças para pegá-lo.

Não precisou muito esforço, porque coincidentemente o telefone tocou. Assim, num impulso, pegou o aparelho e percebeu que do outro lado estava Gabriel.

– Olá, amor, que bom que você atendeu – disse ele com entusiasmo e euforia. – Sabe onde estou neste exato momento?

Sem que desse tempo de a noiva responder, ele mesmo falou:

– Estou em nosso novo apartamento, cuidando dos últimos detalhes da reforma. Está ficando maravilhoso, tenho certeza que você vai adorar.

Após um momento de profundo silêncio, o noivo perguntou:

– Amor, amor, você está aí?

Embargada, Eugênia respondeu:

– Sim, estou ouvindo.

Sentindo a distância e frieza da noiva, ele continuou assustado:

– O que houve? Parece que você não gostou do que eu lhe disse! – exclamou.

Laconicamente, ela respondeu:

– Não, não é isso.

– Então me diga o que aconteceu. Você por acaso está triste? Fiz algo que a desagradasse? – suplicava o moço por uma resposta.

– Gabriel – disse Eugênia com um pouco mais de firmeza –, tenho algo importante para dizer. Novamente pensei muito e cheguei à conclusão de que não devemos insistir na nossa relação.

Num primeiro instante, Gabriel soltou uma gostosa gargalhada, como se ouvisse uma boa piada. Mas em poucos segundos, diante da rispidez de Eugênia, contra-argumentou.

– Minha querida, acho que você está insegura em razão da proximidade do casamento. Entendo perfeitamente o que está sentindo. Está angustiada pelas muitas mudanças que ocorrerão em tão pouco tempo – falava amavelmente o rapaz, tentando confortar a noiva. – Mudar de casa, de cidade, de trabalho, deixar a família, enfim, tudo isso, de fato, é imensamente estressante, mas, acredite em mim, tudo ficará bem e logo estará adaptada à nova vida.

Novo silêncio.

– Eugênia? Está me ouvindo? – indagou mais uma vez o noivo.

– Gabriel, estou falando sério – falou rispidamente. – É o fim, está tudo acabado.

Indignado, aos poucos ele foi caindo na real. À beira da loucura, dessa vez não aceitou o capricho da amada e resolveu, ao contrário da vez anterior, lutar por seu amor.

Tomou o primeiro avião para o Porto, pois precisava ouvir tudo aquilo da boca de Eugênia. Queria olhá-la nos olhos para tentar entender o que se passava.

Mais uma vez Eugênia, omitindo-se da verdade, disse-lhe pessoalmente que estava confusa e não podia assumir um relacionamento tão sério.

Sentindo-se ludibriado e ferido psicologicamente, Gabriel falou de forma agressiva:

– O que você pensa da vida? – perguntou com grande decepção. – Eu estava no meu canto, refeito da dor que havia me causado. Por que me procurou? Você é louca ou quer me enlouquecer? O que tem contra mim? O que eu fiz para merecer isto de você? Pelo amor de Deus, me responda, por que sente tanto prazer em me fazer sofrer, em me magoar? Explique-me o que fiz de errado?

Eugênia, assustada com a atitude agressiva de Gabriel, preferiu o silêncio.

Confuso com tudo o que se passava, continuou:

– O que aconteceu desta vez? Não me diga que o tal de Eduardo atravessou novamente nosso caminho.

– Calma, Gabriel – pediu educadamente Eugênia.

– Calma? É só isto que você tem para me dizer? Exijo que me explique exatamente o que está acontecendo.

Descontrolado, já aos gritos, pedia uma explicação convincente para aquele absurdo.

– Não acredito em absolutamente nada do que me disse. De novo você está mentindo ao dizer que tem dúvida, está confusa, pressionada, estressada, ou sei lá o nome que quer dar. Isso para mim tem nome: capricho – gritou no ouvido da noiva.

Chorando, Eugênia permanecia emudecida.

– Isso não vai ficar assim, desta vez você falará com todas as letras. Não aceitarei meias palavras, não sou moleque e mereço o mínimo de respeito.

Em prantos, ela não conseguia se justificar.

Gabriel, descontrolado, a um passo de agredi-la fisicamente, implorou mais uma vez que ela tivesse compaixão e lhe contasse a verdade, caso contrário ele poderia fazer uma loucura.

Sem palavras que justificassem a verdade, Eugênia ainda mantinha-se calada.

Com enorme sofrimento diante do silêncio da mulher amada, ele, irresignado com o fim definitivo do romance, já rubro de tão nervoso, gritou descontroladamente:

– Fale ou arrancarei cada palavra de sua boca com as minhas mãos. Imploro-lhe, Eugênia, pelo amor de Deus, não me faça de idiota novamente, não quero perder a cabeça.

Eugênia, comovida com o sofrimento de Gabriel, respirou fundo, secou as lágrimas com a manga da camisa branca que usava e, em voz alta, respondeu:

– Para! Para! Para! Não aguento mais esta pressão – disse a

moça em prantos. – Tudo bem, se você quer, ou melhor, se você me obriga a falar a verdade, falarei.

Trêmula, pediu forças a Deus e decidiu contar-lhe toda a verdade.

– Pode me xingar, me agredir, me humilhar, talvez eu até mereça mesmo. Na verdade, estou muito confusa e, às vezes, penso que vou enlouquecer. Não sei o que quero da minha vida. Amo você, mas não estou preparada para viver ao seu lado – falou ainda muito emocionada. – Sinto que há algo para cumprirmos antes de ficarmos definitivamente juntos. Não sei por que, nem como, mas estou sim novamente envolvida com Eduardo e ele insiste em se casar comigo e, por isso, não acho justo continuar com você.

– Justo? – disse ironicamente Gabriel. – Não deveria jamais utilizar a palavra justiça, minha cara, pois não combina com um ser tão mesquinho quanto você.

Após engolir aquela triste verdade, continuou indignado:

– Isso mesmo, case-se com ele, vocês são iguais e certamente se merecem.

Numa atitude de quem já previa a reincidência do sofrimento, o médico a olhou no fundo dos olhos e, com imenso ódio, a deixou sem dizer uma única palavra.

Os óculos escuros tentavam ocultar sua profunda dor. Chorou incontrolavelmente durante toda a viagem de volta para Lisboa. Mais uma vez, Gabriel sentiu o gosto amargo da traição.

No início, insistentemente, ele culpava o destino.

– Fui abandonado pela sorte – pensava em voz alta. – Acho que o destino é meu inimigo.

Aos poucos, embora ainda a amasse, foi se conscientizando de que ela não o merecia.

Machucado, mas muito determinado, já em Lisboa, decidiu seguir a sua vida. Com muita dificuldade encarou a rotina, pois tudo lembrava Eugênia, mulher que imaginou por mais de uma vez poder confiar.

Ainda que lutando contra a depressão, a tristeza e a angústia, concluiu o último mês de especialização médica.

Ao terminar a apresentação de sua tese, sobre neuropediatra, que, aliás, lhe rendeu nota máxima, ainda bastante oprimido, resolveu mudar-se para bem longe e dedicar-se a pessoas que realmente merecessem seus esforços e luta.

Precisava e queria esquecer Eugênia e o sonho de casamento, filhos e felicidade.

Ainda bem machucado, com frequência se perdia em pensamentos.

Nas raras noites em que não fazia plantão, deitava-se no sofá da sala de seu bonito apartamento, especialmente decorado para receber a sua amada, e ficava horas olhando para o horizonte em busca de respostas para as suas frustrações afetivas, para os seus desencontros e decepções. Inconformado, lembrava-se dos sonhos que tantas vezes tivera ao lado de sua Eugênia.

Rememorava os antigos planos de juntos construírem a bela casa avarandada com vista para o rio Douro.

Do belo e colorido jardim florido com vistosos girassóis, delicadas margaridas e lindas hortênsias que plantariam.

Da quinta que comprariam aos arredores da encantadora cidade de Sintra.

Do delicioso pomar com variados tipos de frutas e uma simples horta com saudáveis e saborosas hortaliças.

Recordou-se dos planos de viagens que pretendiam realizar ao redor do mundo, iniciando pela América do Sul.

Enfim, com o coração oprimido pelas difíceis recordações, em soluços e molhado pelo rio de lágrimas derramado, ali mesmo desfaleceu.

Adeus, Portugal

No início da próxima semana, ainda na capital, inscreveu-se no projeto de cooperação para o desenvolvimento nas áreas de prevenção e combate do HIV e saúde materno-infantil, no Timor Leste.

Queria muito ingressar e fazer parte daquele projeto. Por isso, dedicou-se ainda mais aos estudos, porque precisava conhecer um pouco mais sobre o lugar que o abrigaria pelos próximos cinco anos.

Estudou muito sobre a República Democrática de Timor Leste, principalmente sobre sua capital Díli, localizada na costa norte do país.

Segundo as pesquisas que realizou, viu que apesar de o Timor Leste ser um dos países mais jovens do mundo, ocupando a parte oriental da ilha de Timor na Ásia, guarda muita pobreza e pouco desenvolvimento, o que o incentivou ainda mais, pois sabia do grande desafio que o esperava.

Surpreendeu-se ao saber que o Timor Leste havia sido colonizado por Portugal até 1975, quando se tornou independente, e que apenas três dias depois da libertação foi invadido pela Indonésia, mas oficialmente continuou território português até 1999, ocasião em que o povo optou pela independência em referendo organizado pela onu.

Gabriel, ao estudar sobre o Timor Leste, percebeu que o país ainda buscava sua afirmação na comunidade mundial.

A Indonésia, ao destruí-lo, deixou sérias sequelas físicas, culturais, linguísticas, sendo que a maior delas foi a marca deixada no coração de seu povo que lutava pela reconstrução do seu país.

Ao escolher o Timor, Gabriel avaliou o quanto poderia ser útil ao ajudar crianças e mães necessitadas. Mais do que experiência profissional ou experiência de vida, por sua capacidade, determinação e caráter, queria viabilizar a melhora de vida de pessoas carentes.

No mês de julho, já do outro lado do mundo, instalou-se em Díli. Em poucos dias já estava trabalhando em hospitais da periferia.

Tinha tanta certeza do acerto de sua escolha que passava, com prazer, dias e noites atendendo crianças e grávidas com sérios problemas de saúde e de desnutrição.

No início, embora Gabriel trabalhasse com amor e dedicação, sofria ao ver as deficiências e necessidades daquele lugar. Ficava indignado com as condições de vida daquele povo.

No hospital onde trabalhava, faltava até mesmo água para fazer assepsias; os leitos, com colchões velhos, não tinham sequer lençóis; não havia cuidados de higiene, os pacientes eram abandonados nos corredores, sem assistência; faltavam remédios. Enfim, logo no início percebeu o tamanho do trabalho que teria pela frente.

O bom médico notava que naquelas condições em que eram tratados os doentes, obviamente os índices de mortalidade infantil e de parturientes só podiam ser imensos.

Por alguns meses, a comunidade da qual ele fazia parte recebia esparsos apoios e colaborações de tropas da Austrália e da Indonésia. Outros países, de forma modesta, também ajudavam a aliviar o grave problema daquela gente tão humilde.

Mas ainda que o quadro parecesse difícil, Gabriel acreditava que o desenvolvimento de sistemas nacionais de saúde, sem sombra de dúvida, salvaria muitas vidas.

Luta pelos timorenses

Assim, ele aproveitando-se de sua desenvoltura política e facilidade do idioma, iniciou efetiva participação em movimentos ativistas, objetivando a melhoria de vida daquele povo tão sofrido.

Começou a participar das reuniões nas ONGs, associações comunitárias, órgãos governamentais, onde com altivez sustentava que as condições de vida do povo somente teriam uma sensível melhora se o Estado investisse mais em outros setores que não apenas os do petróleo e do gás natural.

Nessas reuniões, Gabriel dizia que eram necessários significativos investimentos nas áreas da educação, médica e de saneamento básico, como alicerce fundamental para a saúde.

Assim, em pouco tempo, além de reconhecido médico por sua dedicação, profissionalismo e amor ao próximo, ele passou a ser ícone dos movimentos em favor dos carentes e da luta para melhoria na saúde daquele povo.

Por diversas vezes, Gabriel aparecia nos jornais timorenses, e quase sempre, por sua importância, saía na primeira página.

Os jornalistas reconheciam e respeitavam o belo e sério trabalho desenvolvido pelo jovem médico.

O doutor passou a ser o porta-voz do povo, e indignado, gritava aos quatro cantos que quase dez milhões de crianças morrem por ano no mundo e cerca de vinte e seis mil morrem por dia em virtude de doenças que, na maioria das vezes, se prevenidas, poderiam ser evitadas.

Em poucos meses, passou a apoiar fundações, instituições e o próprio Unicef, ajudando a destacar e levar à população a importância de tratamentos de prevenção de doenças como Aids, desnutrição, malária, pneumonia, disenteria, que poderiam ser desenvolvidos através de vacinação.

Tornou-se um agente multiplicador da humanização da saúde naquele país tão carente de profissionais bem-intencionados e comprometidos com o desenvolvimento de um sistema eficaz em benefício da coletividade timorense.

Sempre determinado, Gabriel, homem de fibra e de bom coração, desde o primeiro momento em que vislumbrou a possibilidade de servir os mais necessitados, decidiu que ali viveria por muitos anos, e isso fazia-o se sentir vivo, útil e capaz, principalmente para esquecer a realidade que, com muito custo, deixou para trás.

Dúvidas e casamento

Em Portugal, Eugênia já não era a mesma mulher bonita, decidida e autossuficiente de antes.

Por exigência de Eduardo, abandonou definitivamente as sessões psicoterápicas, afastou-se de novo dos amigos comuns que tinha com Gabriel, desapegou-se de sua família que tanto amava. Ela vivia, nos últimos tempos, apenas em função do noivo e dos preparativos do casamento.

Apesar do enorme desgosto pela desaprovação do relacionamento, sua família, que amargava o desprezo da filha querida, não a preteriu. Com muito carinho, ofereceu a ela e toda a sociedade portuense uma grande recepção, que aconteceria nas próximas semanas, no lugar mais requintado do Porto.

A cerimônia religiosa seria na igreja de São Francisco, e a ceia e o baile no salão árabe do palácio da Bolsa.

O lugar foi minuciosamente escolhido por seus pais, que sempre sonharam com um casamento digno de uma princesa. O edifício majestoso, construído a partir de 1842, com composição de estilos arquitetônicos, apresenta em sua nobreza traços do neoclássico oitocentista, inspirado nas arquiteturas toscana e inglesa, e ficou ainda mais requintado pela refinada decoração escolhida.

O noivo e sua família, que igualmente não aprovava a união, não se envolveram com absolutamente nada, deixando todos os preparativos por conta da família de Eugênia.

Não contribuíam com ideias, não apoiavam moralmente, tampouco auxiliavam financeiramente. Não demonstravam nenhum entusiasmo, sendo que apenas se limitaram a oferecer a lista dos convidados deles para que Eugênia postasse via correio.

Na véspera do casamento, badalado acontecimento social da cidade, Eduardo desapareceu, deixando a noiva imensamente preocupada. Horas depois, foi encontrado por um amigo em uma boate com algumas prostitutas, completamente bêbado e fora de si, sequer recordando-se do seu próprio nome.

Eugênia, ao tomar conhecimento, mais uma vez decepcionada com a postura do noivo, teve uma forte crise de choro. Com a cabeça recostada no colo de seu pai, inconformada, não conseguia parar de soluçar.

– Minha filha, ainda está em tempo de acabar com esta tortura.

Carinhosamente, seu pai, passando a mão por seus cabelos, falou:

– Não quero me intrometer nas suas escolhas e decisões – continuou –, mas pense no seu futuro, na sua felicidade. Este rapaz jamais a fará feliz. De qualquer forma, minha filha, estarei aqui para apoiá-la no que for necessário.

No dia seguinte, não houve atraso, pois Eugênia, como sempre responsável e retilínea, entrou na igreja às vinte horas em ponto.

A decoração da igreja estava maravilhosamente impecável, com centenas de dúzias de flores nobres, como lírios, copos-de-leite, orquídeas. Muitos convidados importantes, gente bonita e elegante. O coral municipal enchia o ambiente de beleza e esplendor.

A cerimônia foi perfeita; Eugênia, como uma rainha, usava um vestido branco ricamente bordado com pedrarias francesas que reluziam a inocência de uma infante.

A imensa cauda se arrastava sobre o majestoso tapete vermelho vindo especialmente da Pérsia para aquela cerimônia.

Mas era o véu que escondia em seus olhos a tristeza que sentia pela notória mudança de comportamento de seu noivo e pelo arrependimento de ter deixado Gabriel.

Olhar triste e pesaroso também tinha o seu pai, que com evidente decepção a entregou a Eduardo, que apesar de elegantemente vestido com glamoroso *smoking* inglês, os seus olhos não escondiam sua recente orgia, bem como seu velho e duvidoso caráter.

A festa grandiosa, os muitos convidados finamente trajados, a orquestra, a música, as flores, sua família, seus amigos, não foram capazes de sensibilizá-lo. Eduardo, com visível desprezo e desrespeito por tudo e por todos, completamente bêbado, num surto de machismo e de ignorância, passou a ofender Eugênia, que nada podia fazer.

Ele, com voz pastosa em razão da embriaguez, após o constrangedor silêncio, bradou:

— Isso tudo aqui não passa de um grande circo, onde você, meu amor — olhando fixamente para a então esposa, completou —, é a maior palhaça.

Os convidados observavam abismados.

— E mais – disse ele com ar machista. – Agora você é minha mulher. Eu mando e você obedece!

Decepcionada, olvidando da beleza e do *glamour* da festa, Eugênia, aos prantos e envergonhada pelo mau comportamento do marido, preferiu deixar discretamente o recinto.

No carro, foi mais uma vez insultada por ele que, sem qualquer motivo, continuava a agressão verbal, culpando-a pelo vexame que ele próprio havia causado.

No caminho de ida até o apartamento ela foi terminantemente impedida de soluçar.

— Se você continuar com essa choradeira desnecessária, não pensarei duas vezes, voltarei – ameaçou-a – e a devolverei a sua imbecil e ignorante família.

Eugênia, no intuito de evitar maiores problemas, mesmo inconformada, preferiu engolir o choro e nada falou.

Não houve noite de núpcias e nem lua-de-mel, pois Eduardo dizia não pretender investir em bobagens inúteis, como fizera a sua frívola família, ao oferecer uma festa desnecessária e fútil.

Vida nova, novas decepções

Nos dias que se seguiram, já no apartamento novo, comprado e decorado pela família de Eugênia, Eduardo colocava em prática o seu comportamento rude, suas maldades e intempéries.

A primeira grande briga, depois dos insultos no casamento, aconteceu no fim do dia seguinte, já que na noite de núpcias, embriagado quase que em coma alcoólico, desmaiou por mais de quinze horas.

Eugênia, após inocentemente comentar sobre a reserva do hotel que haviam ganhado de presente de seu padrinho e que perderam em razão do ocorrido, foi injustamente esbofeteada pelo marido.

Depois de uma semana de agressões, apesar de dormirem na mesma cama, ainda não tinham mantido relação sexual. No final de quinze dias, ele a proibiu de ter qualquer contato com sua família, mesmo que fosse por telefone.

– Sua família – ele dizia aos gritos – ainda vai pagar muito caro por nunca ter aprovado a nossa relação. O que eles pensam? No mínimo acham que você é muito para mim. Porém se me julgam mau caráter, agora eles terão razão para isso.

Torturas e agressões

No começo, Eugênia imaginava ser apenas uma crise passageira de ciúmes ou até mesmo de autoafirmação.

Falava, às vezes, com a mãe e com o pai, mas apenas por telefone. Eles insistiam e cobravam a presença e a visita da filha. Mas depois de tantas brigas e agressões físicas e psicológicas, ela achou melhor aceitar a condição do marido e se afastar da família até que ele mudasse de ideia.

Em algumas semanas, apesar das violências domésticas, passaram a manter vida sexual ativa. Eugênia não compreendia muito os gostos diferentes, aparentemente sádicos, que na maioria das vezes lhe tiravam o prazer.

O comportamento dele era de evidente perversão. Parecia não sentir nenhum carinho ou desejo pela mulher, pois a tratava apenas como mero objeto.

Ainda numa atitude desprezível, Eduardo deixava muito claro que ela não tinha outra finalidade a não ser dar-lhe os filhos que ele tanto desejava, além de servi-lo incondicionalmente, sendo exímia dona de casa.

Passou a exigir que ela providenciasse rapidamente um filho, já que queria ter pelos menos três.

Eugênia, com muito cuidado, ao tentar convencê-lo que encontrava-se em ascensão profissional, e filhos, naquele momento, poderiam atrapalhar sua carreira, foi surpreendida mais uma vez com agressões físicas. Ele a arremessou tão violentamente contra a parede do quarto que ela teve duas vértebras fraturadas.

Por duas semanas, Eugênia afastou-se do escritório, pois as dores eram insuportáveis e, por essa razão, tomava injeção de cimento ósseo, bem como fortes anti-inflamatórios, o que a obrigou repouso absoluto.

No período de convalescência, envergonhada, preferiu justificar a todos que estava com pneumonia. Não tinha coragem de se abrir com ninguém, pois, apesar de tudo, ainda respeitava o marido e apostava numa mudança.

Eduardo, a cada dia que passava, ficava mais e mais rude e violento. Aos poucos, foi abandonando o trabalho, permanecendo no escritório do pai, onde trabalhava como estagiário, apenas por poucas horas. Passava a maior parte do tempo em casa, bebendo até a volta da mulher, que no retorno sempre o tratava com respeito e carinho, mas, ainda assim, deixava-o insatisfeito.

Às vezes, delicadamente, ela pedia para que ele se dedicasse mais ao trabalho, para que juntos pudessem ter um futuro melhor.

Algumas poucas vezes, Eugênia tomou a liberdade de ligar para o seu sogro, dr. Paulo Sobral, respeitável advogado, pedindo-lhe que incentivasse o filho a concluir a faculdade para que um dia pudesse ser um profissional como ele. No entanto, nenhuma melhora ocorria, porque o pai não interagia com Eduardo.

Em casa, ele nunca auxiliava nos serviços domésticos, dizendo ser de inteira obrigação dela. Igualmente não auxiliava nas despesas financeiras, pois o pouco que recebia do pai mal dava para bancar as suas bebidas. Assim, os cuidados com casa e a manutenção da família ficavam por conta exclusiva dela.

Passados alguns meses, cansada da pesada rotina, numa conversa amistosa tentou convencê-lo a permitir a contratação de uma empregada. Dessa vez não foi agredida fisicamente, mas surrada e ofendida moralmente. Eduardo, de forma violenta, afirmou que se casara com uma mulher fraca, inútil, mimada e muito pretensiosa.

– E mais, Eugênia – completou rudemente –, apenas a vida irá ensiná-la a ser mais forte e melhor. Você, como a sua família, é uma completa inútil e incapaz. Em vez de se preocupar com uma empregada, por que não se preocupa em arranjar logo um filho? – indagava com insistentência.

Esgotada pelas exigências do marido, principalmente quanto à maternidade, Eugênia resolveu evitar os métodos contraceptivos a que fazia uso, imaginando, desta forma, que ele pudesse se acalmar e, consequentemente, se tornar mais paciente e amável.

Durante meses, apesar de todos os esforços, não conseguia engravidar, o que a deixava cada vez mais frustrada e com muito medo das violentas atitudes do marido.

O dia-a-dia de Eugênia era recheado de torturas psicológicas, acompanhados de ofensas, humilhações e de palavras que denegriam a sua imagem e a de sua família.

A cada ciclo menstrual, uma agressão diferente. Era violentamente espancada pela incompetência de não ter um filho.

Envergonhada, já não encontrava desculpas para justificar os muitos hematomas. Ora havia caído da escada, ora batido o carro, outras vezes escorregado no banheiro. Percebia nos olhos dos colegas que pairava dúvida quanto à veracidade de suas desculpas, mas todos a respeitavam e nada questionavam em respeito à sua privacidade.

Apesar do sofrimento e do arrependimento de ter se casado com Eduardo, Eugênia trilhava uma brilhante e sólida carreira.

Já ocupava o cargo de advogada-chefe do departamento cível. Era querida e admirada por todos os colegas e superiores, pois além de sua capacidade profissional, sempre os tratava com doçura, delicadeza e muito respeito.

Tecnicamente, era perfeita e obtinha sucesso em quase todas as ações que cuidava, sendo a profissional preferida pela maioria dos clientes.

Sua atividade era gratificante e compensadora, e o ambiente de trabalho, de tão saudável e acolhedor, fazia com que ela sentisse desprazer em voltar para casa. Por isso, procurava envolver-se mais e mais com assuntos profissionais, justificando, assim, a maior permanência no escritório.

Eugênia temia que as violências que frequentemente sofria pudessem trazer consequências negativas a sua saúde física, psíquica e profissional.

No início do segundo ano de seu casamento, começou a apresentar alguns indícios perturbadores, pois não tinha nenhum desejo sexual, sentia constantes dificuldades de concentração, seu sono passou a ser constantemente agitado. Sentia-se frequentemente deprimida e com fobias, o que a impossibilitava cada vez mais de reagir às agressões do marido.

Depois de tanto tempo, completamente afastada da família, mantinha-se silente e sem coragem de agir.

Doença do amado pai

Numa tarde em que se encontrava no fórum, aguardando uma audiência, Eugênia foi repentinamente surpreendia por sua mãe, que a avisou que seu pai havia sofrido um AVC, em razão de uma súbita isquemia.

Pediu desculpas ao cliente e combinou com Marieta, uma colega advogada que a acompanhava, para dar continuidade ao trabalho.

Em prantos, saiu correndo direto para o hospital onde o pai estava internado.

Durante o trajeto, chorava inconsolavelmente, pois jamais se perdoaria se algo de mau acontecesse com ele. Afinal de contas, ele sempre foi o seu melhor amigo, maior confidente, o melhor pai do mundo e, com certeza, a pessoa que mais a amava.

Pedia a Deus aos gritos que poupasse a vida de seu amado pai, que fizesse por ele o que ela mesma não foi capaz de fazer.

No hospital, mal conseguiu estacionar o carro. No corredor encontrou sua mãe muito abatida e aos prantos, de tristeza pela possibilidade de perder o marido e de muita emoção por rever a filha querida que a havia abandonado.

Sem qualquer palavra, sua mãe a abraçou demoradamente, apenas sentido as batidas fortes do coração de sua pequena Eugênia.

— Minha filha amada — um pouco mais fortalecida, mas ainda em soluços, d. Noêmia disse —, enquanto agonizava ele só gritava o seu nome. Achei que o seu pai estivesse morrendo de tristeza por ter perdido a filha que tanto adora. Por que você nos abandonou?

— Me perdoe, mil vezes, me perdoe, pelo amor de Deus, me perdoe! — implorava Eugênia.

— Deus é grande e misericordioso, minha filha — sua mãe dizia aos soluços. — Ele há de poupar a vida de seu pai, que viverá de felicidade ao vê-la novamente.

Eugênia, ainda muito abalada, foi à recepção da UTI e pediu para falar com o médico responsável. O profissional que o acompanhava, o dr. Manoel Salazares, explicou que ele havia sofrido uma isquemia em uma parte do cérebro, o que poderia levar a um acidente vascular cerebral. Mas que ainda se encontrava em observação e precisava de mais algumas horas para fechar o diagnóstico.

O susto, o desespero e a ansiedade pela doença do pai foram tão grandes que Eugênia esqueceu-se da hora e não avisou a Eduardo sobre o ocorrido.

Pouco tempo depois, bronqueado, ele a localizou pelo celular e, desrespeitando o momento peculiar de dor e angústia, a obrigou a retornar imediatamente para casa.

Eugênia aguardou mais alguns minutos até obter mais informações médicas sobre o atual quadro clínico de seu pai.

Depois de saber que estava sob controle e com quadro estável, delicadamente explicou à mãe, que ainda chorava pelo marido, a necessidade de ir para casa, porém voltaria na manhã seguinte.

Antes de sair do hospital, Eugênia abraçou fortemente a mãe e, baixinho, cochichou em seu ouvido.

– Mãe, de novo imploro o seu perdão – falou pedindo clemência. – Espero um dia ter força para explicar para vocês tudo o que vem acontecendo comigo. Peço-lhe que diga a meu querido pai que o amo mais do que a minha própria vida. Diga a ele que no futuro seremos novamente uma família unida e muito feliz. Eu juro!

Agressão fatal

Ao chegar em sua casa, Eugênia tentou explicar a Eduardo todo o estresse que havia passado ao saber da internação do pai. Antes mesmo de terminar a explicação, mais uma vez foi violentamente espancada pelo marido, que estava completamente embriagado e fora de si.

Apesar de tentar proteger-se das agressões, ela acabou sendo por várias vezes arremessada contra a parede e, por alguns instantes, desfaleceu. Acordou, segundos depois, com um copo de água gelada sendo maldosamente atirada em seu rosto. Já não possuía forças para chorar.

— Eduardo — implorava, com a voz enfraquecida —, pelo amor de Deus pare com isso, você acabará me matando.

— Infelizmente, ainda não tive esta sorte — respondeu o agressor com ironia. — Mas, se me provocar um pouco mais, acabará atingindo o seu objetivo.

Após violenta agressão, Eugênia, sentindo fortes e insuportáveis dores abdominais, febre e calafrios, suplicou para que Eduardo a levasse a um pronto-socorro, o que foi terminantemente negado.

Aos prantos, levantou-se de madrugada para pegar um analgésico para amenizar as insuportáveis dores, quando de repente sentiu jorrar um líquido quente por entre as pernas.

Arrastou-se ao toalete e percebeu que estava sofrendo uma forte hemorragia. Sem chamar o marido, que dormia o sono dos justos, enrolou-se em uma toalha, para não manchar o estofado do carro e dirigiu-se a um hospital.

Foi imediatamente atendida, em razão de seu grave estado. Depois de demorada avaliação médica, foi constatado que o espancamento, aliás, mais uma vez ocultado por ela, havia provocado um sério sangramento, e por essa razão precisava de um responsável para acompanhá-la. Sem alternativa, pois sua mãe estava com o seu pai, deu o telefone de Eduardo.

Na manhã seguinte, ao chegar à sala de cirurgia, todo o procedimento já havia ocorrido. O médico delicadamente o chamou em seu consultório para uma conversa reservada. Cerrou a porta e delicadamente falou:

– Sinto muito, tentamos de todas as formas, mas o acidente que sua esposa sofreu foi muito grave e, por isso, não foi possível salvar a vida do bebê.

– Como? – perguntou ao médico. – Ela estava grávida? De quantos meses?

– De três meses – respondeu o médico. Mas o senhor não sabia? Não estavam fazendo o acompanhamento pré-natal?

Ignorando as indagações do médico, saiu desnorteado.

A informação de que Eugênia havia sofrido um aborto caiu como uma bomba para Eduardo.

Os dois dias de permanência dela no hospital para os procedimentos de curetagem e exames complementares não foram suficientes para ele se acalmar.

Enfraquecida, Eugênia voltou para casa, ficando durante três semanas de licença de suas atividades profissionais. Traumatizada com o ocorrido, passou a ter medo de não mais engravidar.

A trágica situação provocou ainda mais a ira de Eduardo, que com mais ódio a culpava, afirmando que ela sabia da gravidez, mas, para castigá-lo, preferiu esconder. Por isso a culpa do aborto passou a ser exclusiva dela e de sua família

– Tudo isso que estamos passando – maldosamente insistia –, todas as desgraças que recaem sobre as nossas vidas são principalmente culpa da sua família.

Desprezando o sofrimento de sua esposa ter perdido um filho, da dor que sentiu em razão das agressões, Eduardo fez questão de magoá-la e culpou sua família por todas as desgraças vividas por eles.

Insensivelmente, para ofendê-la ainda mais, disse aos gritos que o pai dela havia inventado o AVC somente para dela se reaproximar.

– Tudo isso, minha querida – ironicamente falou sobre a doença do sogro –, não passou de manobras sórdidas de seus pais.

A relação que nunca foi razoável já estava insustentável; as agressões eram cada vez mais frequentes, levando-a, pela primeira vez, a pensar na possibilidade de separação.

Durante os quase dois anos de casamento, Eugênia viveu em um verdadeiro inferno de cobranças, humilhações e infundadas agressões. Não conseguia entender o ódio que o marido sentia por ela.

"Meu Deus, por que ele quis se casar comigo?", se indagava em pensamento. "Eu era tão feliz com Gabriel, com minha amada família. Sinto-me hipnotizada. O que será que fiz para merecer tudo isto?"

Nos últimos tempos, ela passava as noites em pranto, revivendo o sofrimento que parecia não ter fim.

Em alguns momentos, achava que somente um filho salvaria o seu casamento. Não sentia mais amor por Eduardo, mas tinha receio da humilhação que passaria, caso assumisse a grande bobagem que fez de sua vida.

Conselhos que não ouviu

Eugênia não passava um dia sequer sem se lembrar dos vários conselhos que recebeu da família, dos amigos e de seu verdadeiro amor, Gabriel.

Lembrava-se do quanto seu pai, pessoa que mais a amava, em soluços, suplicava, em silêncio, para que ela não se casasse com Eduardo.

Aqueles sábios conselhos agora ecoavam em sua cabeça como tristes lembranças de dias que jamais voltarão.

Eugênia já não conseguia mais dormir com tranquilidade. Tinha constantes pesadelos e insônias, momentos em que, acordada, permanecia remoendo o passado e o presente.

Numa noite de muito calor, levantou-se sorrateiramente, foi ao *closet* e pegou a sua bolsa. Caminhou à sala de estar, acomodou-se em uma poltrona confortável e acendeu o abajur. Abriu a carteira e retirou um pequeno amuleto, cuidadosamente dobrado.

Olhou para aquele pequeno patuá que se perdia na palma de sua mão e, por alguns segundos, em soluços, o apertou contra o peito, como quem suplicasse por força para suportar tão árdua e difícil realidade.

"Mais que conselho", pensou, "essas frases são presságios que cegamente desprezei. Meu Deus, conceda-me outra oportunidade para ser feliz!"

Aquele pedacinho de papel, manuscrito, apenas alguns dias antes de seu casamento, por seu querido pai, passou a ser a sua maior relíquia.

Em prantos, não cansava de relê-lo.

> Minha amada filha, não tenho mais força para falar, pois com as palavras, caem prantos que colerizam meu coração. Escritas talvez possam tocar no fundo de sua alma. Meu amor, você é o ser mais importante de minha vida. Saiba que jamais a abandonarei, assim como tenho certeza de que nunca me desamparará. Não posso viver sua vida, pois se fosse possível, viveria as suas dificuldades, angústias, dores, mágoas e inseguranças. Para você, deixaria apenas o amor, a paz, a felicidade e a realização. Mas infelizmente, minha querida, neste momento, apenas posso implorar-lhe para que cuide de sua vida, não deixe que ninguém tire os seus sonhos, roube a sua mocidade, acabe com a sua bondade ou abale a sua moral. Lembre-se: você é forte e capaz. Lute sempre! Papito.

Com imensa dor gritando no fundo de seu peito, Eugênia beijou carinhosamente aquele papel quadriculado pelas dobras, amarelado pelo tempo e manchado de tantas lágrimas.

Então, baixinho confessou:

– Você tem razão papai. Não posso me curvar. Devo isso a você. Mas eu juro, vou lutar!

Algumas semanas depois, Eduardo, um pouco mais pacífico, insistia na gravidez. A esposa já não tinha desculpas ou explicações para convencê-lo de que não dependia mais de seus esforços. Apesar de tudo, ela ainda estava engajada a engravidar.

Após inúmeras tentativas infrutíferas, foi obrigada a submeter-se a tratamento médico.

Então, na consulta médica, o dr. Gustavo, ginecologista e obstetra, diante dos resultados dos exames feitos pelo casal, verificou a impossibilidade de gravidez nos moldes naturais.

Inseminação artificial

— Talvez, Eugênia — disse o médico —, apenas uma inseminação artificial poderá resolver o problema. Acho que vale a pena tentar. Se você quiser, posso indicar um excelente colega, especialista em reprodução humana, que poderá lhe dar maiores explicações.

Animada com a possibilidade de engravidar, agradeceu a indicação do dr. Gustavo e, rapidamente, marcou horário com o dr. Roque Della Costa.

Na consulta, Eugênia, embora conhecesse a verdadeira causa que impossibilitava sua gravidez normal, preferiu deixar que Eduardo soubesse pelo médico.

Ele, por sua vez, inquieto para conhecer o problema da esposa, surpreendeu-se com as explicações do especialista.

— A inseminação artificial — disse o dr. Della Costa — consiste em transferir para a cavidade uterina os espermatozoides morfologicamente mais normais e móveis. É recurso muito usado para realizar a fecundação, normalmente quando há baixa qualidade de espermatozoides, como no caso do senhor — referindo-se diretamente a Eduardo.

Emudecido diante da descoberta de que nenhum mal acometia sua esposa, que, aliás, podia perfeitamente engravidar, Eduardo entendeu claramente que não era capaz de produzir espermatozoides de boa qualidade. Sem jeito e sem alternativa, apenas atentou para as palavras do médico.

– A inseminação artificial consiste em depositar os espermatozoides a diferentes níveis do trato genital. Normalmente, a possibilidade de gravidez é de setenta por cento, mas há grandes chances de não ocorrer nas primeiras tentativas, pelo que deverão ter bastante paciência.

Após a avaliação, voltaram para casa e não trocaram uma única palavra durante todo o caminho, e, permaneceram emudecidos durante mais de uma semana. Eugênia estava mais tranquila, pois com o silêncio cessaram também as agressões do marido.

Marcaram o início do tratamento para meados da próxima semana. A partir de então, passaram a frequentar o consultório do dr. Della Costa pelo menos três vezes ao mês.

Durante semanas, apesar de dormirem na mesma cama, já não mantinham relação sexual, pois não era mais necessário, uma vez que os filhos viriam de forma artificial.

Eugênia sentia-se bastante aliviada, uma vez que havia anos não tinha desejos pelo marido e ele, igualmente, não se interessava por ela.

Finalmente a gravidez

Após seis meses e duas gestações interrompidas, finalmente Eugênia engravidou. Ao receber a notícia, ficou eufórica para contar ao marido. Naquele dia, fez questão de chegar mais cedo para preparar um jantar comemorativo. Estava contente, embora tivesse muito receio quanto à imprevisível reação dele.

Eduardo, ao chegar em casa, sentiu um clima diferente e logo indagou:

– O que está acontecendo aqui? Está esperando mais alguém para jantar em casa?

– Não, Eduardo – disse emocionada. – Tenho uma notícia e acho que você vai gostar.

– Sem rodeios – retrucou. – Por favor, fale logo.

– Não. Prefiro que você veja com seus próprios olhos.

Eugênia, trêmula, entregou o envelope contendo o resultado nas mãos do marido, que rapidamente o abriu.

– Isto quer dizer que agora é pra valer? – perguntou.

– Sim. Agora é de verdade – respondeu Eugênia com semblante realizado.

— Finalmente! – disse Eduardo com aparente alívio. – Agora poderei provar a meu pai que sou capaz de fazer um filho.

Eugênia não entendeu muito bem aqueles comentários, mas também não quis interpelá-lo.

Pela primeira vez, em mais de dois anos de casamento, ele a abraçou carinhosamente e, emocionado, sussurrou:

— Me perdoe. Você não me merece. Quem sabe um dia poderei lhe contar toda a verdade.

— Que verdade é esta? – indagou curiosa.

— Esquece – disse ele, tentando esquivar-se do assunto. – Não é nada importante.

Naquela noite de calmaria, jantaram e dormiram em paz.

Nos primeiros três meses de gestação, Eugênia se sentia muito mal. Tinha constantes enjoos em virtude do aumento hormonal, muita azia e salivação. Porém ainda assim não deixou de trabalhar um dia sequer.

O primeiro exame de ultrassonografia detectou gravidez múltipla, o que os deixou atordoados, pois, apesar da inseminação, não estavam preparados para receber trigêmeos.

O dr. Gustavo, que acompanhava a gravidez com o dr. Della Costa, ao ver o resultado do exame explicou ao casal todos os riscos possíveis da gestação.

— Vocês têm que entender que neste caso existem muitas complicações, tanto para a saúde da mãe, quanto para a dos bebês – explicava o médico com calma. – Devem decidir logo se pretendem continuar com o processo ou não.

— Doutor, não entendi. O senhor está sugerindo que eu os aborte? – perguntou assustada.

— Não, Eugênia. Não é tão simples assim – falou o médico detalhadamente. – Gravidez múltipla pode gerar muitos e sérios problemas, tais como: parto prematuro, crescimento intrauterino retardado, mortalidade perinatal que, no caso de trigemelar, aumenta em seis vezes. Em relação aos fetos, o grande problema são os abortos espontâneos por causa da proximidade das placentas. Também é alta a probabilidade de nascimento prematuro, entre outros problemas.

— Doutor, estou decidida, quero arriscar — afirmou categoricamente. — Terei os três e seja o que Deus quiser.

Eduardo apenas assentiu com a esposa.

— Então — continuou o médico —, de qualquer forma, você deverá fazer um acompanhamento ainda mais frequente. Quero vê-la de quinze em quinze dias.

— Fique tranquilo, doutor — disse Eduardo. — Eu a trarei duas vezes por mês.

Repouso absoluto

Com o passar dos meses, havia incidência de aumento de líquido amniótico, a pressão de Eugênia ficava cada vez mais alta e ela já apresentava sintomas de pré-diabetes gestacional.

No quinto mês, não conseguia ir ao escritório, pois precisava de repouso absoluto. No entanto, fazia questão de continuar desenvolvendo suas atividades em casa.

Recebia os trabalhos por e-mail ou via portador. Fazia as petições, pesquisas e pareceres e os encaminhava ao seu superior, que, aliás, insistia para que ela não se preocupasse com o profissional e se dedicasse apenas à gravidez. Mas Eugênia não suportava a ideia de passar o dia inteiro deitada em uma cama, e o trabalho a distraía.

Apesar de todos os problemas enfrentados, Eduardo ainda não permitia a visita dos sogros e nem de qualquer outra pessoa ligada à sua esposa. Nem mesmo os seus próprios pais os visitavam.

A partir da vigésima quinta semana, o repouso passou a ser rigoroso e absoluto, pois havia a possibilidade de as crianças nascerem a qualquer momento.

Pela primeira vez, injustificadamente, Eduardo não dormiu em sua casa. Na manhã seguinte, não deu nenhuma explicação à esposa que passou a noite inteira sozinha. Apesar disso, Eugênia não se incomodou, pois não sentia ciúmes do marido, e passar uma noite inteira sem ele não foi nada ruim.

Surpreendentemente, naquela mesma semana, ele contratou uma empregada, d. Maria, para cuidar da casa e fazer companhia à esposa. Pediu para que ficasse atenta e atendesse no que precisasse.

D. Maria era uma senhora de meia-idade, solteira, não teve filhos e tinha disponibilidade integral para cuidar de Eugênia.

Naquela noite, igualmente, Eduardo dormiu fora. No dia seguinte, ao chegar, sequer passou nos aposentos da esposa.

D. Maria cuidava com muito carinho da boa patroa e mal conversava com o patrão, que pouco permanecia em casa.

Eugênia chegou à conclusão de que o marido havia arrumado uma amante. Não se incomodou, pois precisava de muita paz e tranquilidade para não complicar ainda mais a gravidez.

Durante as semanas seguintes, o marido, bem menos agressivo, passava algumas noites em casa e outras fora.

Pelo amor de Deus: perdão

Eugênia, aproveitando-se da situação, implorou permissão ao marido para receber a visita dos pais antes do nascimento dos trigêmeos. No primeiro momento, foi veementemente negado. Entretanto, na trigésima segunda semana, quando ela já passava muito mal, ele abriu uma exceção.

Inesperadamente, Eduardo pediu para d. Maria ligar para os sogros e dizer-lhes que poderiam visitar Eugênia, mas que fosse durante a sua ausência.

Apesar das muitas complicações, das fortes dores, do enorme inchaço, ela se sentiu feliz como havia muito não se sentia.

Seus pais chegaram pela manhã e foram diretamente levados aos aposentos da filha. Fazia dois anos que ela não via a mãe e quase três, o pai. Foi grande a emoção de todos. O sr. Manoel, abraçado à filha, chorou durante muito tempo.

– Minha filha, querida – disse o seu pai com a voz trêmula de emoção –, pensei que nunca mais a veria. Conte-nos o que aconteceu; o que fez de sua vida? Somos sua família; por que não confia em nós? Daqui a alguns dias você terá os seus três filhos e saberá o quanto eles serão importantes. Talvez, então, possa entender o nosso sofrimento.

– Pai – suplicou Eugênia –, que Deus lhe dê forças para me perdoar um dia. Ouça, não preciso de filhos para avaliar a dor que vocês sentiram. Talvez eu não seja a filha que vocês idealizaram. Sou fraca e submissa. Contrariando o seu desejo, papito, não cuidei de minha vida, deixei que tirassem os meus sonhos, roubassem a minha mocidade, acabassem com a minha bondade e abalassem a minha moral. Não sou forte e muito menos capaz.

– Não, minha filha. Não pense assim. Conte a verdade aos seus velhos. O que poderá ser tão grave que não suportemos? Tão doloroso que não entendamos? Tão triste que nos machuque mais que sua própria ausência? – indagou em prantos.

– Escutem. Vocês foram e são a minha vida. Sou um pedaço de vocês e, igualmente, os carrego no meu ventre – falou decidida a se abrir. – Não quero e não posso levar este segredo comigo. Na verdade, tudo aconteceu quando abandonei a pessoa que me faria a mulher mais feliz do mundo.

Sem precisar completar, seus pais sabiam exatamente a quem Eugênia se referia.

Trigêmeos a caminho

Antes que ela dissesse mais uma única palavra, sentiu fortes dores e, aos prantos, gritou assustada:
— Pai, eles vão nascer!
O sr. Manoel, apressadamente, pediu para que d. Maria chamasse o chofer que os esperava no saguão do edifício e pegasse as malas da patroa, que havia muito tempo estavam prontas. Ligou para o dr. Gustavo e saíram às pressas rumo ao hospital.
Durante o caminho, sua mãe, d. Noêmia, carinhosamente limpava o suor da testa da filha e, com paciência, tentava acalmá-la do evidente desespero e medo.
No hospital, as enfermeiras já aguardavam a chegada de Eugênia, pois o dr. Gustavo havia telefonado e orientado para que elas a encaminhassem diretamente ao centro cirúrgico, uma vez que o parto não poderia ser normal, em razão da complexidade e do risco do caso.
Foi um parto muito difícil, principalmente pelas condições físicas e emocionais de Eugênia. Depois de quase cinco horas de minuciosa cirurgia, os três bebês nasceram. Uma menina e dois meninos: Sofia, Henrique e João.

Por serem prematuros, foram diretamente para a UTI neonatal, especializada em cuidados com recém-nascidos.

Como Eduardo não foi localizado, o sr. Manoel e a d. Noêmia ficaram o tempo todo acompanhando a filha.

Após a cesariana, o dr. Gustavo os chamou no consultório para explicar sobre as em condições que as crianças tinham nascido. Abordou sobre os cuidados redobrados que deveriam ser tomados nos primeiros dias de vida, alertando-os de que o risco de morte entre trigêmeos, na primeira semana, é sete vezes maior do que o normal.

Somente no final da madrugada, Eduardo chegou ao hospital. Agitado e muito agressivo, disse que não precisava dos sogros para cuidar de sua família.

Dessa vez o sr. Manoel, que não sabia exatamente o que tinha se passado com a filha naqueles anos, percebeu que o genro não os suportava. Então, entendeu que talvez aquela fosse a razão pela qual Eugênia se afastara deles.

Em respeito à filha e aos três netos recém-nascidos, calou-se diante da agressividade do genro, mas mesmo assim não arredou os pés do hospital. Apenas concentrou-se em seus direitos enquanto pai e avô e ali permaneceu.

Eduardo não conseguiu falar com o médico, que já havia se recolhido. Assim teve que se contentar apenas com a ficha que lhe foi entregue por uma das enfermeiras para saber das condições em que nasceram seus filhos.

Pelo prontuário, verificou que Eugênia passava bem, mas ficou estarrecido ao saber que os pequenos nasceram com a saúde fragilizada.

Henrique e João nasceram com complicações respiratórias e cardíacas, e Sofia com quadro de pneumotórax, o que a levaria, nas próximas horas, a urgente procedimento cirúrgico.

Perplexo com as notícias, mas totalmente descomprometido com sua família, resolveu ir para casa descansar, pois não havia dormido naquela noite.

Indignado com o descaso de Eduardo, o sr. Manoel, assim que clareou o dia, desceu à lanchonete, tomou um café para despertar, foi à floricultura e encomendou maravilhosos arranjos de flores e os mandou a Eugênia.

Voltou para o hospital e pediu para que o chofer levasse sua esposa para descansar, pois ele mesmo ficaria o tempo todo ao lado de sua filha querida.

Ao acordar, ainda sob efeito de sedativos, Eugênia sentiu-se reconfortada com a presença do pai. Mas, preocupada e aflita, queria notícias dos filhos.

– Pai, você já sabe o nome de seus três netos? – perguntou com um leve sorriso.

– Sim, meu amor – respondeu o pai emocionado. – Aliás, os nomes já estão colocados na porta de seu quarto. Quando for transferida, verá.

– Nasceram muito pequenos? Estão bem? São saudáveis? Fala pai, fala!

Carinhosamente, o sr. Manoel disse que estava tudo bem e pediu para que ela descansasse um pouco, pois mais tarde o próprio dr. Gustavo viria dar maiores informações.

Eugênia assentiu com os olhos, virou-se e dormiu.

Amor incondicional

Após a avaliação médica, em razão da prematuridade dos trigêmeos, o médico decidiu que Eugênia permaneceria internada por uma semana. Mas os trigêmeos ficariam por muito mais tempo.

No final do dia, Eugênia, um pouco melhor, foi levada à UTI neonatal, onde os filhos se encontravam. Cada um estava em uma incubadora. A primeira imagem vista foi dramática, pois, pequeninos e intubados, sumiam entre os muitos fios e sondas.

Entretanto, ao se aproximar dos minúsculos e indefesos filhos, percebeu o quanto eram lindos e, emocionada, deixou o pranto rolar.

Já os amava incondicionalmente, mas ao vê-los lembrou-se das lições que aprendera na adolescência com o livro *A arte de amar*, do psicanalista Erich Fromm, que dizia que "o amor materno é a aceitação incondicional onde a mãe ama o seu filho sem depender de nenhum mérito nem qualidade que influa na sua determinação em acolher e cuidar deles".

Mais uma vez se recordou do imenso sofrimento que causou a seus pais e, chorando, se lamentou:

– Meu Deus, como sou uma filha injusta!

Por alguns minutos, a alegria de ter os filhos se misturava à tristeza por ter abandonado seus pais. Somente naquele momento conseguiu aquilatar o sofrimento causado nos últimos três anos às pessoas que mais a amavam.

Olhou para o lado e os viu do outro lado do vidro, abraçados, contemplando a emocionante imagem da amada filha com os seus três netos.

Os trigêmeos nasceram muito pequenos e inspiravam delicados cuidados.

Henrique nasceu com um quilo e meio, e João, um pouco maior, com um quilo seiscentos e cinquenta gramas; ambos sofreram intervenção cirúrgica nas primeiras quarenta e oito horas, em razão de um pequeno problema cardíaco. Ambos os procedimentos foram bem-sucedidos.

A previsão inicial de alta dos trigêmeos, em razão do baixo peso, do sistema respiratório que ainda era muito imaturo e, principalmente, pela necessidade de recuperar-se da cirurgia a que foram submetidos, era de sessenta dias.

No entanto, o primeiro diagnóstico foi radicalmente alterado, pois, no final da primeira quinzena, Sofia, que já havia sido submetida a cirurgia em razão do pneumotórax, foi subitamente surpreendida com o quadro de paralisia cerebral, pelo que a sua internação seria estendida por mais dois meses, além dos anteriormente indicados.

A notícia do comprometimento da menina foi um grande choque para Eduardo e, principalmente, para Eugênia.

O médico, dr. Mathias Cavalcanti, neuropediatra, apesar de cauteloso ao explicar os riscos e as chances de melhora, deixou claro que não existem remédios nem cirurgias que possam curar a paralisia.

Ressaltou, todavia, que há inovadoras possibilidades de minimizar os seus efeitos negativos. No entanto, os alertou que progressos são demasiadamente demorados, avançando paulatina e progressivamente, além de dependerem diretamente de intensos recursos tecnológicos e terapêuticos.

O médico fez questão de frisar que paralisia cerebral não é doença, mas uma condição médica especial e que, no caso de Sofia, a causa foi a falta de oxigenação no cérebro durante o parto.

Mais tarde, o dr. Cavalcanti foi ao quarto de Eugênia e, com muita paciência e didática, passou-lhes as fundamentais explicações.

– Já requisitei à enfermaria que providenciasse todos os exames necessários. Somente com os resultados é que poderei avaliar melhor as condições de Sofia – explicou o médico.

– Mas há algumas informações preliminares que são de suma importância que vocês saibam – completou o médico. – Normalmente, as crianças afetadas por paralisia cerebral têm descontrole de suas posturas e de seus movimentos do corpo, como consequência da lesão cerebral.

– Doutor, os exames serão conclusivos? Apontarão com precisão o problema de milha filha? – perguntou Eugênia com nítida preocupação.

– Na verdade – explicou o profissional –, é muito prematuro avaliar quais serão as reais perspectivas para a pequena Sofia. Neste momento, não dá para precisar se ela apresentará incapacidade motora acentuada, média ou leve ou se terá impossibilidade de falar ou andar.

Tentando sanar as dúvidas, o dr. Cavalcanti continuou:

– Algumas crianças têm perturbações sutis, quase imperceptíveis, deixando transparecer apenas pequenos vestígios ao caminhar, falar ou gesticular. Já outras podem ser submetidas a lesões cerebrais mais graves e apresentar incapacidade motora mais acentuada. Então, deveremos aguardar os resultados dos exames para verificação do prognóstico.

O prognóstico do qual falava o dr. Cavalcanti dependeria de uma série de fatores, como o grau de dificuldade motora, a intensidade de retrações e deformidades ósseas e a disponibilidade e qualidade da reabilitação.

Durante os sessentas dias que se seguiram, Eugênia acompanhou passo a passo o tratamento dos filhos, que permaneceram em incubadoras individuais na maternidade.

Eugênia podia contar apenas com a ajuda de seus pais e de sua fiel ajudante, d. Maria, pois Eduardo estava cada vez mais distante, não participava das reuniões clínicas com os médicos especialistas, não acompanhava o tratamento dos filhos e nem mesmo se oferecia para passar uma noite sequer na maternidade.

Desprezando completamente a sua família, deixava tudo por conta da esposa. Eugênia, por sua vez, não se incomodava e nem reclamava a ausência dele, uma vez que a sua presença é que a incomodava, em razão dos aborrecimentos que comumente causava.

Chegada dos meninos

Passado dois meses, Henrique e João, bem mais saudáveis, tiveram alta e foram levados para casa. Eugênia, embora feliz por tê-los por perto, sentia-se muito angustiada e extremamente dividida, porque Sofia ficaria por mais dois meses internada no hospital. Seu quadro ainda exigia delicados cuidados, principalmente por ter nascido menor que os irmãos e, passados dois meses de seu nascimento, ainda pesava apenas um quilo seiscentos e cinquenta gramas.

Eugênia sentia o coração partido, pois sonhava em ter os três por perto o tempo todo. Mas não esmorecia; tinha que ser forte e se desdobrar entre o hospital e sua casa. Durante meses, amamentou regularmente os trigêmeos, apesar da rotina difícil e cansativa.

Em razão de seu árduo cotidiano, que se resumia entre a sua casa, consultórios médicos, laboratórios e hospital, Eugênia não voltou ao trabalho, permanecendo afastada por tempo indeterminado, o que favoreceu a dedicação integral às crianças.

Nos quatro primeiros meses de vida, os trigêmeos mantiveram um crescimento normal, embora ainda exigissem cuidados constantes. Os meninos apresentavam imperceptíveis distúrbios auditivos e visuais, e Sofia, um grau um pouco mais elevado, mas era minuciosamente acompanhada pelos melhores profissionais do país.

Recepção e cuidados com Sofia

No final dos quatro meses, desde os nascimentos, Eugênia teve a melhor e esplêndida notícia: finalmente Sofia teria alta definitiva.

Para a recepção da filha, Eugênia, feliz, preparou uma bela festa. Fez questão de convidar alguns amigos, colegas do escritório, seus pais e seus sogros. O encontro tornou-se uma verdadeira festa. Doces, salgados, balões coloridos e muitos presentes, tudo especialmente preparado para recebê-la.

Sofia, com aparência bastante saudável, se tornou um bebê muito bonito. Havia ganhado mais peso, ultrapassando os dois quilos.

Traços mais definidos e harmoniosos lembravam a delicadeza de Eugênia, mas os olhos verdes eram de Eduardo.

Mais do que o marido, Eugênia já havia entendido a condição especial da filha, que com sérias lesões motoras, em virtude da paralisia cerebral, certamente passaria a infância sob intensos cuidados para possibilitar uma vida futura com autonomia e independência.

Atenta quanto ao desenvolvimento motor e cognitivo da filha, Eugênia, após orientação médica, incluiu, inicialmente, quatro sessões semanais de fisioterapia, para melhorar a postura e aperfeiçoar os movimentos psicomotores da menina.

A maior demonstração de preocupação dela era quanto ao desenvolvimento neuromotor referente às atividades da vida diária. Entendia ser importante que Sofia fosse desde cedo aprendendo a se vestir, a se alimentar sozinha e até mesmo a higienizar-se.

Dedicava-se muito à filha, ajudando-a inclusive no aprendizado quanto à melhora do equilíbrio e da coordenação dos joelhos. Proporcionava intensas atividades de lazer, integrando-a aos irmãos, que eram muito mais independentes que ela.

Muito consciente, Eugênia exercia, sem qualquer ajuda do marido, o papel fundamental de guardiã da filha.

Tentava, a todo custo, contribuir e oferecer a Sofia uma vida melhor, proporcionando um aumento qualitativo e quantitativo, principalmente na interação com o meio social.

Aos dezoito meses de idade, os meninos levavam um vida praticamente normal, mas Sofia ainda não conseguia se erguer, tampouco conseguia permanecer por muito tempo sentada.

Inobstante a pesada rotina e a dificuldade financeira que Eugênia atravessava, pela primeira vez, desde a separação de Gabriel, seu ex-noivo, se sentia um pouco mais feliz.

Ignorância e indiferença

Eduardo não mais a agredia fisicamente, limitando-se a fazer torturas psicológicas, isso quando não se resumia a ignorá-la. Sem qualquer respeito pela família, continuava passando várias noites fora de casa.

Entretanto, nos últimos meses, ele vinha trabalhando com assiduidade no escritório do pai e contribuindo expressivamente para o orçamento doméstico, principalmente pelo fato de Eugênia não ter retornado às suas atividades bem como ter comprometido todas as suas economias com os custosos tratamentos da filha.

Apesar da exigência para que ela engravidasse, Eduardo não era um pai presente, dedicado ou carinhoso. Dispensava um pouco mais de atenção aos filhos em detrimento da filha.

Fazia questão de deixar claro que não aceitava as limitadas condições físicas de Sofia, chegando, às vezes, a maltratá-la, obviamente no intuito de atingir diretamente a mãe.

Com frequência, ofendia e destratava Eugênia e, muitas vezes, os filhos.

Numa agradável tarde de outono, Eugênia, depois do banho dos trigêmeos, acomodou Sofia em sua cadeira especial e, enquanto penteava os meninos, foi de súbito abordada por Eduardo que agressivamente falou:

— Não consigo entender o que fiz para merecer este castigo! Essa aí — se referindo à inocente Sofia — será como você, uma inútil. Infelizmente, um pouco pior, porque você, pelo menos, não depende das pernas dos outros.

Essas foram as piores palavras ouvidas por Eugênia. A agressão corroeu seus ânimos e doeu em sua alma, mais do que todos os espancamentos, todas as ofensas e humilhações anteriormente sofridas. Então, como uma leoa nos momentos de fúria, esbravejou:

— Até hoje aguentei suas afrontas, suas ignorâncias, seus menosprezos e suas agressões, mas, de agora em diante, chega, não mais aceitarei. E, preste muita atenção — disse olhando no fundo dos olhos do marido —, se você falar ou fizer qualquer coisa que machuque ou magoe os meus filhos, não pensarei duas vezes, e sumiremos os quatro definitivamente de sua vida.

Com semblante de descaso e desprezo, Eduardo saiu da sala sem falar nada.

Eugênia, tentando evitar mais transtornos para os filhos, os levou para o quarto, fez as orações diárias com os três e, em seguida, os colocou para dormir.

Como sempre, zelosa e carinhosa com os filhos não deixava uma noite sequer de sentar-se à beira da cama deles e, juntos, pedirem proteção aos anjos da guarda.

Cada um tinha o seu anjo protetor, mas ela sempre enfatizava que a pequena Sofia era protegida pelo arcanjo Gabriel.

Depois do ritual diário, Eugênia foi para os seus aposentos e, como sempre, pediu também a Deus proteção para os três filhos e força para suportar o marido.

Desafios do tratamento

Nas vésperas de seus dois anos, Sofia, apesar dos tratamentos, ainda não tinha total autonomia pela impossibilidade de locomoção.

Os custos se tornavam cada vez mais elevados, pois além dos gastos normais com os diversos profissionais que diariamente a acompanhavam, ainda havia grandes despesas pela utilização frequente de injeções de toxina botulínica, em virtude da resistência dos músculos espásticos de suas pernas que permaneciam contraídos por um longo período.

Eugênia dedicava-se em tempo integral aos trigêmeos, focando, sem dúvida, mais os problemas da filha.

Lutava incessantemente por sua reabilitação, razão pela qual tinha contato regular com o dr. Cavalcanti, o neuropediatra que vinha, com grande empenho, estabelecendo as prioridades do tratamento da menina, respeitando cada época do seu desenvolvimento.

Por acreditar numa evolução e possível alteração de prognóstico, o neuropediatra insistia nas terapias e fisioterapias, inobstante estas causassem ansiedade e expectativa em Eugênia.

O objetivo das frequentes sessões de fisioterapia era inibir a atividade reflexa anormal e normalizar o tônus muscular, melhorando a força, a flexibilidade e a amplitude de movimento de Sofia.

Ao se aproximar dos dois anos de idade, João e Henrique se mostravam alegres, normais e independentes. Sofia apresentava melhora paulatina, conseguia sentar-se sem apoio e já se acostumara com os óculos.

Aniversário dos trigêmeos

No segundo aniversário das crianças, o avô, sr. Manoel, apesar dos sérios problemas financeiros que atravessava, fez questão de proporcionar uma inesquecível festa aos amados netos. Contratou um bom bufê com palhaços, malabaristas, mágicos, linda decoração, muita música, tudo colorido e com enorme bom gosto.

Os trigêmeos, felizes, aproveitaram a festa. O momento foi inesquecível, pois estavam presentes muitos amigos, colegas de trabalho e parentes das duas famílias. Dentre os convidados estava também a família de Júlio, o ex-namorado de Eugênia, que havia se suicidado havia alguns anos.

Como sempre, Eugênia, educada, cordial e hospitaleira, os tratou com muito carinho e respeito, mas não conseguia tocar no nome de Júlio, pois para ela ainda era muito constrangedor.

Por alguns instantes, percebeu que Eduardo se sentia incomodado com a presença daquela família. Ao perguntar se havia algo errado, ele, extremamente agressivo, pediu para que ela o deixasse em paz.

Curiosamente inquieto, Eduardo não conseguiu permanecer no recinto até o final da festa, ignorando até mesmo a presença de seus pais.

Nas duas próximas noites, Eduardo não dormiu em casa, o que deixou a esposa desconfiada de que ele pudesse ter mesmo uma amante. Isso não a incomodava, pois já não sentia carinho, amor e nem mesmo respeito por ele.

Falência do casamento

O CASAMENTO SE DETERIORAVA a cada dia que passava. Ele se mantinha distante dos filhos, tratava Eugênia com desrespeito e desprezo e passava a maior parte do tempo fora de casa.

Nos últimos tempos, chegava constantemente com aparência abatida, olhos e nariz vermelhos e com manias estranhas, que a deixava imensamente atenta e preocupada.

Com o passar dos dias, já neurótica com a situação, Eugênia pressentia que o marido pudesse estar usando drogas, o que, se fosse verdade, jamais aceitaria, principalmente em razão dos filhos.

Discreta, começou a investigar a vida do marido, o que jamais havia ocorrido. Tentava arrancar informações dele, mas nas esparsas conversas ele sempre desviava de qualquer assunto que pudesse levá-la a uma conclusão.

Eugênia não tinha com quem se abrir, pois sentia receio e vergonha de expor as suas recentes dúvidas. Então, diante das sérias desconfianças e no intuito de não cometer injustiça contra o marido, reuniu forças e resolveu perguntar diretamente a ele o que vinha se passando.

Indignado com a petulância da esposa, naquele instante, violentamente, sem qualquer pudor e respeito, a espancou na presença dos próprios filhos.

Nervoso e descontrolado, antes mesmo de sair da sala Eduardo chutou agressivamente a cadeira de rodas de Sofia, arremessando-a ao chão, o que a deixou extremamente assustada.

Em respeito às crianças, Eugênia não reagiu, apenas levantou Sofia e pediu para que d. Maria a ajudasse a levá-los ao carro, pois iriam sair para espairecer um pouco. Saiu de casa deixando o marido em companhia de seu ódio, de sua ira e de seus eternos fantasmas.

Não sabia exatamente para onde iriam, mas qualquer lugar seria melhor, desde que bem distante daquele crápula. Assim, sem destino, dirigiu por quase uma hora.

Sofia, já cansada da mesma posição, passou a reclamar de dores nos joelhos, pois não aguentava ficar muito tempo na cadeirinha especial fixada no banco traseiro do carro.

Verdades e revolta da amiga

AINDA BASTANTE NERVOSA, mas com muita serenidade, pediu para que os trigêmeos tivessem um pouquinho de paciência, pois já estavam chegando à casa da tia Bia.

Eugênia, nos últimos tempos, diante dos graves e constantes problemas enfrentados, estava mais próxima de sua grande amiga, para quem, então, telefonou.

– Olá, amiga, você tem um tempo para conversar comigo?

– Eugênia, minha querida, para você estou sempre disponível – falou amistosamente.

– Já estou a caminho, com os três fofuchos.

– Ótimo – respondeu Bia –, pois estou morrendo de saudade dessas coisinhas mais lindas do mundo!

– Amiga, você vai me prometer que não fará muito esforço – falou Eugênia com preocupação –, pois não quero que meu afilhado nasça antes do tempo.

– Pode ficar tranquila, madrinha – disse –, ainda faltam dois meses.

– Então, nos aguarde que chegaremos em quinze minutos.

Depois de muito pensar, considerou imprescindível falar com Bia, pois estava decidida a se separar definitivamente de Eduardo e, naquele momento, ninguém melhor que sua melhor amiga e competentíssima advogada para orientá-la.

Já na casa da amiga, as crianças, exaustas, fizeram uma leve refeição e, cansadas, caíram na cama da tia.

Mais tranquilas, as duas puderam colocar a conversa em dia.

– Amiga, percebo que você não está bem – falou Bia, demonstrando preocupação. – Nunca quis ser invasiva e, por isso, sempre lhe deixei à vontade para falar somente o que quisesse. Mas venho percebendo que nos últimos anos você vem atravessando uma fase difícil. Tem certeza de que não quer se abrir comigo? Ou já não confia mais em mim? – brincou com Eugênia.

– Bem, sabe o quanto confio em você – respondeu carinhosamente –, mas de fato, nunca tive coragem, talvez por medo, receio ou mesmo vergonha, de expor as minhas derrotas.

– Derrotas? Como assim? – perguntou Bia. – Você sempre foi um paradigma para mim. A melhor aluna, a melhor filha, a melhor profissional, e principalmente a melhor amiga. Por que se sente derrotada?

– Pois é – explicou Eugênia –, eu sempre tive esses reconhecimentos sim, mas nem sei se cheguei a merecê-los um dia. Na verdade, acho que não fiz jus para merecer esta imagem. Veja só, eu mesma acabei com minha própria vida. E sabe quando? Exatamente quando abandonei injustamente a pessoa que mais amei.

– Por acaso está falando de Gabriel? – perguntou curiosa.

– Sim. Você percebe? É notório. Ninguém precisa fazer esforço para adivinhar quem foi o grande amor de minha vida.

– Mas, amiga, me conta sobre o seu casamento. Como está sua vida com Eduardo?

– É exatamente sobre isso que vim falar com você. Na verdade, eu nunca fui feliz com ele – confessou Eugênia –, nem mesmo um só dia, nesses cinco anos de casamento.

– Não é um pouco de exagero? Todos nós sabemos que ele não é a melhor pessoa do mundo, mas aí a dizer que nunca foi feliz com ele... E aquele entusiasmo todo que você tinha?

Eugênia engoliu o comentário e, calmamente, respondeu as perguntas da amiga.

– Espero que as crianças durmam bastante, Bia, pois precisarei de bastante tempo para contar a você como vivi nesses últimos tempos.

– Então fale logo, porque eu estou ansiosa!

– Estranho, mas naquela época eu sentia uma atração inexplicável por ele – falou Eugênia com patente arrependimento –, era como se fosse um feitiço, uma hipnose. Lembra da festa do meu casamento? – perguntou.

– Sim, lógico – respondeu prontamente. – Aliás, foi a mais linda que fui em toda minha vida, ainda que tenha ocorrido aquele pequeno incidente.

– Aí é que você se engana – falou Eugênia com indignação. – Não foi apenas um pequeno incidente, mas sim o início de meu incalculável sofrimento. Você tem ideia do que aconteceu naquela noite? Não. Não precisa responder, pois é impossível imaginar. Aquela foi a primeira vez que, literalmente, um homem encostou as mãos em mim.

Quebrando o gelo, Bia brincou:

– Gozação, não é? Era seu marido, lógico que tinha esse direito.

– Direito? Direito de bater, direito de espancar, direito de torturar e humilhar? – perguntou Eugênia.

Bia, paralisada, atentava para a triste história da amiga.

– Por ele, abandonei os meus adorados pais e essa é a dor mais intensa que carrego dentro do meu peito. Afastei-me de meus amigos, das minhas coisas e da minha própria vida. Distanciei-me de você, a irmã que nunca tive.

Nesse instante, as lágrimas caíam dos olhos de Bia.

– Na verdade, entreguei ao inimigo minha mocidade, minha moral, meu orgulho, minha ética, minha fibra, minha paz, o meu próprio ser – falou Eugênia com grande amargura. – Não fui capaz de avaliar a quem estava me aliando. Entreguei-me à pessoa errada e, com isso, fiz sofrer pessoas que verdadeiramente me amavam.

Eugênia pausou por alguns segundos as confidências e, embargada, tentava resistir ao pranto que insistia em cair.

Bia, frágil, em razão da gravidez e perplexa diante das tristes e graves revelações da amiga, permanecia estática, sem reação, apenas atenta àqueles absurdos.

– Lembra do acidente que tive há uns três anos? – perguntou Eugênia.

– Lógico – respondeu rapidamente. – Você ficou internada e não entendi por que não quis receber visita de ninguém, nem mesmo de sua mãe. Lembro-me, inclusive, que foi no mesmo dia em que seu pai foi hospitalizado por causa do AVC, não é?

– Na verdade, a doença de meu pai, de certa forma, tem ligação com o tal acidente. Naquele dia saí correndo do escritório e fui descontroladamente vê-lo no hospital. Infelizmente, atordoada, não liguei para Eduardo; aliás, nem me lembrei de avisá-lo. E esta foi a razão para a mais cruel e violenta agressão que ele me causou.

– Você não vai me dizer que aquilo não foi um acidente – disse indignada.

– Não. Não foi.

Bia, cética, olhava no fundo dos olhos de Eugênia.

– Pois é, naquele dia ele me espancou tão violentamente que matou o filho que eu estava esperando. – Em soluços, Eugênia contou a dura verdade à amiga.

Trêmulas e emocionadas, as duas se abraçaram fortemente e juntas choravam minutos a fio.

– Amiga – mais uma vez indignada, Bia perguntou –, como você conseguiu viver assim por tanto tempo?

– Não sei – respondeu. – Só Deus sabe o que passei nesses anos todos.

Após profundo suspiro, Eugênia continuou:

– No dia do meu casamento, eu tinha consciência da bobagem que estava fazendo. Chorei lágrimas de sangue de arrependimento por ter deixado Gabriel. Mas, como já havia assumido um compromisso, fui obrigada a fazer o possível e o impossível para viabilizar uma vida com Eduardo. Imaginava ser suficientemente forte e habilidosa para mudá-lo.

Bia continuava atenta às palavras da amiga.

– Desde o início – disse Eugênia – ele insistia em ter filhos e eu apostava que talvez fosse isso o que lhe faltava. No entanto, foram quase três anos de muita humilhação e espancamentos.

– Amiga, e mesmo assim você insistiu na gravidez e, ainda mais, artificial? Por quê? – perguntou Bia com certa descrença.

– Eu imaginava que um filho resolveria todos os nossos problemas – falou Eugênia, passando a mão no peito amargurado. – Durante a gravidez ele me respeitou um pouco, ou, pelo menos, não me agrediu fisicamente. Então pensei que após o nascimento poderíamos ser uma família de verdade.

— E aí, ele não mudou. Não é? – perguntou afirmativamente, Bia.

— É. E hoje meu sofrimento passou a ser outro, pois ele não me suporta e nem mesmo os filhos. Passou a humilhá-los constantemente, e o alvo preferido dele é Sofia, que já percebe o desamor do pai. Ele a tortura, culpando-a pela paralisia, como se ela tivesse alguma responsabilidade.

— Não acredito! – exclamou a amiga. – Eugênia – gritou Bia furiosa, como advogada –, basta uma palavra sua e eu coloco esse canalha atrás das grades.

— Não, amiga – falou equilibradamente Eugênia. – Preciso sim de sua ajuda, mas não para prendê-lo.

— Farei tudo o que você precisar, pois este monstro não merece a família que tem.

— Agora, resolvi que meu casamento acabou – Eugênia falou decididamente. – Quero e vou me separar definitivamente dele, mas tenho certeza que ele não aceitará com tanta tranquilidade.

— Mas por quê? – indagou a amiga. – Se ele é infeliz, quem sabe não deseja a separação?

— Bia, eu o conheço muito bem. Causar sofrimento a mim e as crianças passou a ser o prazer da vida dele. Por isso, tenho certeza de que não abrirá mão dessa sórdida satisfação. Ele fará tudo o que puder para não aceitar a separação.

Respirou profundamente e de forma amadurecida continuou:

— Não quero agir novamente de forma inconsequente, pois hoje não estou só, somos quatro. Meus filhos não podem ficar sem assistência. Como você sabe, deixei de trabalhar desde o nascimento deles. Gastei todas as minhas economias, que, aliás, não foram poucas, pois eu ganhava um excelente salário no escritório. Meu pai vem me ajudando muito, mas depois da doença não conseguiu manter-se ativo, portanto não possui condições de nos ajudar tanto. Então, eu e meus filhos estamos completamente dependentes de Eduardo.

— Mas, Eugênia, logo você poderá retornar ao trabalho, cuidar de seus filhotes e se livrar definitivamente desse carrasco — incentivou Bia.

— É o meu maior sonho, amiga, mas, por enquanto, não tenho escolha. O tratamento de Sofia é caríssimo e, nesse momento, está sendo custeado por ele e meu sogro. Se pararmos agora, perderemos toda a evolução já conquistada.

— Então, Eugênia — ponderou a amiga —, precisamos traçar uma estratégia para que ele aceite a separação, sem escolha.

— Bia, acho que tenho um trunfo que, se soubermos utilizar, talvez Eduardo fique mesmo sem alternativa.

— Diga logo — perguntou curiosa. — Que trunfo é este?

— Desde o início da gravidez, Eduardo passou a sair com frequência de casa e, nos últimos tempos, dorme várias noites fora — respondeu friamente Eugênia.

— E você não se incomodava? — perguntou a amiga, curiosa.

— Olha, Bia, meu sofrimento era tanto, que o fato de ele permanecer fora de casa passou a ser um alento. Sem ele eu consigo respirar, não preciso policiar minhas palavras, fico mais segura e tranquila. Entretanto, recentemente, sinto-me incomodada, pois não sei o que ele faz na rua e o que traz para dentro de casa.

— Você tem receio de que a contamine com alguma doença? — indignada perguntou.

— Não — disse com nítida mágoa. — Mesmo porque não temos relação sexual há muito tempo. Naquela época, ele já não me desejava. Aliás, nunca me desejou. Jamais me proporcionou uma noite de amor. Só temos os nossos filhos em razão da inseminação artificial.

— Mas, então, qual a sua preocupação? — perguntou Bia, interessada em conhecer a verdade.

— Acho que as crianças estão crescendo e não quero vê-las vivendo num ambiente de tortura, humilhação, desrespeito e desamor. Não suporto mais a agressividade dele em relação aos meus filhos. E mais, ele me deu a chance e o prazer de perceber que a ausência dele me faz muito bem.

— Se estou entendendo — disse Bia —, ele tem outra mulher e este é o seu trunfo, certo?

— Sim — respondeu com certeza. — Tudo indica que ele tem um caso e parece ser coisa séria.

— Tem como provar esta alegação? — perguntou Bia.

— Acho que sim. Desde a semana passada, d. Maria e eu iniciamos uma investigação dentro de casa. Começamos a vasculhar as coisas pessoais dele e, para nossa surpresa, ontem achamos um recibo de pagamento de condomínio, de um apartamento localizado no bairro Boa Vista. Tenho quase certeza de que ele está bancando outra mulher. Talvez possamos utilizar isto para forçá-lo a aceitar uma separação consensual, com o compromisso de continuar arcando com os gastos das crianças e, principalmente, o tratamento de Sofia.

— Se conseguirmos provas de que a traição está trazendo a você e a seus filhos humilhação — observou a então advogada portuguesa —, deixará de ser um adultério discreto, o que poderá motivá-lo a aceitar as suas condições.

— Amiga, é o que eu mais espero — respondeu Eugênia com esperança.

— Então, vamos contratar imediatamente um profissional para descobrir tudo isso e trazer provas concretas. Você está mesmo disposta? – indagou.

— Lógico – disse Eugênia sem pestanejar. – Só preciso arranjar dinheiro para pagar a pessoa que nos auxiliará.

— Amiga, eu só preciso de sua autorização – disse Bia –, o resto deixa comigo.

— Nem pensar. Não quero que você tenha despesa comigo. Não é justo.

— Bobagem, Eugênia, posso fazer tudo isso pelo escritório. Tenho pessoas para descobrir tudo sem qualquer custo.

— Bia, sinto-me constrangida, mas ao mesmo tempo sempre soube que podia contar com você – falou Eugênia com enorme arrependimento por ter abandonado a amiga tantas vezes. – Ao contrário do que fiz – continuou –, você jamais me abandonou e isso me causa vergonha.

— Vamos parar com essa ladainha? – zombou Bia. – Precisamos de calma e sangue-frio para agir. Aliás, somos duas excelentes advogadas e estrategistas, não é?

De repente, foram interrompidas pela sinfonia que vinha do quarto de Bia. O choro dos irmãos, que acordaram juntos e não reconheceram o lugar, suspendeu a conversa das amigas.

Mais aliviadas, foram até o quarto e, sorrindo, juntaram-se aos três que, ao vê-las, com carinhas felizes, cessaram imediatamente a birra.

Enfrentando o inimigo

DE VOLTA À SUA CASA, Eduardo rispidamente indagou onde haviam passado o dia inteiro. Pela primeira vez, Eugênia, igualmente áspera, deu-lhe uma resposta capaz de deixá-lo sem ação.

– Exatamente como você, não vou e não quero dar satisfação de minha vida – respondeu com franqueza e raiva do marido.

Após um banho relaxante com os filhos, preparou a comida com a ajuda de Maria e, logo em seguida, os colocou para dormir, pois no dia seguinte iriam para escola e Eugênia passaria toda a manhã na clínica de reabilitação com Sofia.

Recostada confortavelmente em sua cama, sem a presença indesejável do marido, lembrou-se da tarde de desabafo que a deixou muito mais aliviada e fortalecida.

Queria pensar na estratégia de sua separação, mas as lembranças do passado eram mais fortes. Recordou do tempo que era feliz ao lado de Gabriel. Por um momento sonhou em reencontrá-lo, mas logo, encarando a realidade, pensou em voz alta:

– Possivelmente, ele deve estar casado com alguém que com certeza o merece muito mais do que eu.

Lendas do Timor

Gabriel, ainda no Timor Leste, se sentia emocionalmente melhor. Para esquecer o amor de sua vida, dedicou-se anos a fio à sua profissão, que carinhosamente denomina de sacerdócio.

Para sua realização, conciliou a afinidade que sentia pelas crianças e o amor pela medicina e tornou-se um dos mais renomados e capacitados especialistas em neuropediatra.

Quase cinco anos se passaram, e faltava apenas três meses para sua volta a Portugal. Gabriel encontrava-se feliz por retornar ao seu amado país, mas profundamente triste por deixar a sua segunda e querida pátria, que aprendeu a amar.

Após tantos anos vivendo no Timor, o médico passou a adorar aquele país. Não poucas vezes, como um verdadeiro e orgulhoso timorense, dizia a seus colegas:

– Amo este lugar, e o bem mais precioso desta terra é o seu próprio povo.

Em suas cartas e e-mails que com frequência enviava à família, elogiava aquela gente simpática, hospitaleira, verdadeiramente acolhedora e de bom coração.

Falava que havia sido abraçado por aquela terra como um verdadeiro filho, o que certamente jamais deixaria de ser.

Com satisfação e orgulho, dizia que, com o tempo, descobriu um novo mundo, um novo paraíso. No início, imaginava encontrar um país recheado de problemas, pobrezas e injustiças sociais. No entanto, viu, com os seus próprios olhos, que, apesar do sofrimento, era uma nação de fibra e que, com imenso orgulho, guardava suas tradições e sua herança cultural.

Um país bonito por natureza. De singularidade e diversidade a serem exploradas. Das belas paisagens naturais à riqueza do seu patrimônio histórico. Da sutileza urbana de sua capital às praias desertas de areias brancas com águas cristalinas.

Não discordava que havia muito que fazer por aquela terra, mas acreditava que Deus abençoaria aquela gente que, sem dúvida, merece um futuro muito melhor.

Gabriel, humildemente, dizia ter recebido daquele lugar tanto quanto doou. Aprendido tanto quanto ensinou. Amado tanto quanto amou.

Os seus olhos delatavam o seu sofrimento em deixar os braços protetores daquela terra tão querida. Mas era o seu o coração que lhe garantia um breve retorno.

Antes de sua partida, recordou-se da pessoa mais interessante que conheceu por aquelas bandas. Sr. Juan, um velho nascido na Indonésia e criado no Timor. Sujeito bom, sábio e, acima de tudo, um excelente contador de histórias.

Um dia, em seu plantão, o velho Juan acompanhava um menino de rua que havia sido atropelado. Embora não conhecesse o garoto, fez questão de permanecer no hospital até a sua recuperação.

Depois de muitas e muitas horas, o velho continuava sentado no banco da sala de espera. Gabriel, curioso por conhecê-lo, aproveitou um momento de pausa e resolveu puxar conversa.

Em poucos minutos ficou surpreso ao ver a sabedoria daquele senhor que, com maestria, contava a verdadeira história do Timor e muitas de suas lendas.

Depois de muita conversa, o sr. Juan perguntou ao médico:

– Doutor, o senhor conhece a lenda mais famosa desta terra?

– Não. Mas ficaria lisonjeado se me contasse – respondeu Gabriel.

Então, com toda sua sabedoria e voz melodiosa, narrou a lenda do Crocodilo Voador:

Um pequeno e indefeso crocodilo sonhava em um dia crescer e ser feliz. Mas tudo a sua volta era reduzido, limitado e muito acanhado, somente o seu sonho era grande.

Vivia num pântano raso, com as águas paradas, sujas e sem margens definidas; era um lugar pequeno, o que limitava a realização de seu grande sonho: crescer.

Passados muitos séculos, o crocodilo solitário, abandonado e na miséria, passando fome, em razão da escassez de alimento, ficou muito fraco e não conseguia sequer levantar a cabeça.

Ao se ver naquela triste situação, o pequeno crocodilo decidiu reunir forças para procurar comida; mas enfraquecido ficou atolado sobre a areia ao pé do charco, até que passou um menino, também sonhador, que ao ver o sofrimento do crocodilo, prontificou-se a ajudá-lo.

Em agradecimento, o crocodilo sonhador prometeu um dia levá-lo pelo mar afora. O menino adorou a ideia, pois era exatamente o seu sonho.

Algum tempo depois, ao ver o crocodilo forte e bem alimentado, o menino pediu-lhe que realizasse o sonho prometido. O crocodilo o colocou sobre as costas e dia e noite, noite e dia, sobrevoavam as ilhas, de onde as árvores, as montanhas e as nuvens lhes acenavam.

Não conseguiam avaliar se eram mais bonitos os dias ou as noites, o sol ou as estrelas, o verde das árvores ou o azul do céu! Voaram e navegaram sempre voltados para o sol, até o crocodilo se cansar.

Novamente exausto, o crocodilo disse ao menino que não podia mais continuar e que o sonho tinha de acabar ali. Triste, o menino não quis aceitar esse fim e foi então que se deu a magia, fazendo com que o crocodilo aumentasse de tamanho, sem perder a forma original, se transformou numa bonita ilha, carregada de montes, de florestas e rios que se chama Timor.

No final da história, Gabriel, viajando em pensamentos, a comparou com a sua própria vida. Sentia-se abandonado, solitário e infeliz, tal qual o crocodilo na sua juventude.

Ao terminar a lenda, o bom velho, olhando no fundos dos olhos do doutor, disse:

– De onde vem tanta amargura, meu caro? Pegue uma carona com o crocodilo, realize os seus sonhos e não tenha medo de ser verdadeiramente feliz.

Depois desse encontro, nunca mais Gabriel ouvir falar naquele sábio homem, que, bondosamente, se preocupou com um menino de rua e também com o coração de um médico amargurado.

Razão, sensibilidade e verdade

Gabriel recordou, ainda, de passagens importantes que ali viveu. Durante todos aqueles anos, permaneceu a maior parte do tempo solitário, não lhe interessavam romances ou compromissos.

Em quase cinco anos, teve apenas um relacionamento, que durou alguns poucos meses. Marie, linda médica francesa.

Viveram momentos bonitos de intenso afeto e carinho. Juntos, viajavam pelo Timor, explorando ermas praias, descobrindo novos valores e novas culturas daquele país.

Participaram do projeto de cooperação entre Portugal e Timor, para o desenvolvimento nas áreas de prevenção à saúde.

Marie, assim como Gabriel, se especializou na área de saúde infantil. Também fazia questão de dedicar o seu precioso tempo no auxílio a crianças carentes e mães inexperientes.

Conheceram-se pouco mais de três anos após a chegada dele a Díli. Coincidentemente, se viram pela primeira vez numa região muito pobre, castigada e abandonada pelo sistema timorense.

Lembrou-se do dia em que estavam em Ataúro, uma pequena ilha situada a aproximadamente vinte e cinco quilômetros ao norte da capital. Juntos, naquele dia, salvaram a vida do menino Agustinho que havia caído na fossa que ficava nos fundos de sua casa. Depois do salvamento, os dois foram imensamente agradecidos pela família do garoto.

Ao saírem felizes e realizados por verem o menino, finalmente, fora de risco de vida, foram repentinamente abordados por uma senhora, que delicadamente chamou por Gabriel.

Ao virar-se, viu se tratar da bisavó de Agustinho, d. Maria Angelina, uma senhora de muita idade e semblante sereno, que com bastante simpatia e educação o convidou para uma conversa reservada.

Sem entender o que se passava, Gabriel decidiu atender ao pedido da anciã, pensando que ela precisasse de orientação médica.

Então, pediu a Marie que o aguardasse um pouco, pois certamente a conversa seria breve.

Assim, acompanhou a senhora até seu quarto. Lugar humilde, quase sem mobília, abafado e bem escuro. Sentou-se em uma cadeira, a pedido da idosa, e ela, na beira da cama.

– Doutor – disse a velha –, antes de mais nada, quero agradecê-lo por tudo o que fez por meu bisneto.

– Não fiz nada mais que minha obrigação de médico – respondeu Gabriel com sorriso no rosto.

– Meu filho, você está precisando de ajuda – afirmou d. Maria Angelina.

Gabriel, sem entender exatamente o que ela queria dizer, perguntou:

– Se bem me lembro, foi a senhora que me chamou para uma conversa. Por acaso está precisando de orientação médica?

– Meu bom moço – continuou a senhora –, quando eu era criança sofri muito, porque via coisas que as outras pessoas não viam. Então cresci estigmatizada. Todos à minha volta tinham medo do que eu falava. Um dia, contra a minha vontade, meus pais me internaram em um hospício, pois diziam que eu era uma louca.

O médico, atento, ouvia a anciã.

– Depois de alguns anos, me apaixonei perdidamente por um funcionário da limpeza do hospital em que eu estava internada. Ele foi a única pessoa que acreditou em mim. E, então, ajudou-me a fugir daquele lugar horrendo. Casamo-nos, tivemos os nossos filhos, netos e bisnetos.

– Minha senhora – interrompeu educadamente Gabriel –, vejo que precisa conversar sobre os seus problemas, mas, infelizmente, não posso ajudá-la, pois não é minha especialidade. Quem sabe eu possa conseguir um atendimento com um psicoterapeuta.

Dessa vez foi a velha que o interrompeu.

– Doutor – disse com firmeza –, eu não preciso de ajuda. Apenas tenho uma sensibilidade aflorada e consigo ver tudo o que lhe aflige.

– Sinto muito, minha senhora – falou, então, agressivamente o médico –, ainda tenho muitos outros atendimentos e não posso perder mais tempo.

– Quem disse que você está perdendo o seu precioso tempo, doutor? – Perguntou.

Gabriel, estagnado, não conseguiu responder.

– Por que não lutou pelo amor de sua vida? – indagou d. Maria Angelina.

Gabriel entendeu que se tratava de uma profissional, que certamente ganhava a vida enganando as pessoas sobre o futuro.

Decepcionado, levantou-se, deu três passos rumo à porta, quando repentinamente, a velha falou:

— Meu filho, você está enganado. Não quero o seu dinheiro.

Gabriel virou-se para a anciã e disse:

— Mas eu não disse nada, a senhora é que está deduzindo.

— Doutor, acho que não prestou atenção quando disse que tenho uma sensibilidade diferente e posso ouvir e ver coisas — continuou pausadamente. — Não sou uma profissional que ganha a vida enganando pessoas sobre o futuro.

O médico, até então cético, envergonhado, abaixou a cabeça e permaneceu emudecido.

— Não se sinta culpado, meu filho; muita gente acha que sou uma aproveitadora mesmo.

Gabriel a olhou nos olhos e perguntou:

— O que sabe sobre minha vida?

— Eu sei que é um homem íntegro e honesto, mas ainda não sentiu o sabor da felicidade — afirmou a anciã. — Dedica-se às pessoas carentes porque é bom, mas também para esquecer as amarguras da vida.

O médico permanecia fixado na senhora, como se pedisse para que ela falasse mais e mais.

— Sinto, meu filho, que o seu problema, o seu sofrimento e a sua solidão existem, mas tudo isto logo terá um fim.

Já um pouco mais relaxado, Gabriel perguntou:

— Então quer dizer que me apaixonarei, casarei e terei uma linda família?

— Meu caro, ainda passará por algumas decepções e só será feliz quando o seu coração estiver completamente limpo, sem mágoas ou rancores.

Olhando no fundo dos olhos do médico, firmemente concluiu: — Deverá perdoar.

Gabriel só conseguia pensar na amargura que Eugênia provocou. Mas não sentia ódio por ela e, assim, não tinha nenhuma coisa a perdoar.

O momento de absoluto silêncio foi quebrado pela senhora.

– Meu bom rapaz, logo voltará para sua terra, encontrará o seu grande amor e cuidará das crianças.

Gabriel, em fração de segundos, pensou: "Voltar a Portugal é certo; casar-me será uma mera consequência natural da vida; cuidar de crianças todos sabem, é minha profissão".

– Meu filho – disse sorridente a senhora –, a vida não é tão simples como resumiu em pensamentos. – Nada é mera consequência natural da vida.

Gabriel, ao ver aquela pessoa tão simples repetir exatamente a frase que acabara de pensar, falou:

– Perdoe-me, estou confuso.

Já mais confiante perguntou:

– Serei feliz?

Novamente, com sereno semblante a velha afirmou:

– Primeiro deverá perceber o instrumento que ligará você a seu amor. Depois, deverá limpar o coração e perceber que a mulher de sua vida está muito próxima, basicamente dentro de você. Assim, será muito feliz, e eu, meu filho, viverei para ver a sua felicidade e realização.

Mais aliviado, aproximou-se da senhora, ofertou-lhe um fraterno abraço e, sem pretender ofendê-la, bondosamente perguntou.

– Posso ajudá-la, deixando algo?

– Claro que aceito, meu filho – disse a anciã.

Gabriel, então, levou a mão até o bolso da calça para pegar sua carteira, mas foi serenamente interrompido pela velha.

— Aceito, meu filho, mas somente a promessa de que fará tudo para ser feliz.

A sincera atitude daquela simples senhora o sensibilizou ainda mais. Agradeceu-a e prometeu buscar sua felicidade.

Então, Gabriel, ao sair do quarto de d. Maria Angelina, foi recebido com um sincero e apaixonado sorriso de Marie. Ao ver aquele rosto lindo e angelical, pensou:

"Já posso ser feliz, pois não tenho nada a perdoar. A medicina é a ferramenta que me liga à pessoa que já está muito próxima de mim: Marie."

Assim, a abraçou e a beijou carinhosamente e, juntos, voltaram realizados para Díli.

Marie – breve passagem

GABRIEL, CADA DIA MAIS, se aproximava da médica. Sentia por ela enorme carinho e afeto. Ambos tinham muitas coisas em comum.

Passaram a fazer juntos quase todos os atendimentos na periferia. Ele dormia no apartamento dela praticamente todos os finais de semana. Havia enorme cumplicidade, carinho e respeito na relação.

Nas férias, os dois passaram quinze dias na França. Ela, parisiense, orgulhosa de sua terra, fez questão de levá-lo aos lugares mais bonitos e sagrados da Europa.

Foi em Versalhes, perdidos na magnitude de seus belos jardins, que ela declarou o seu verdadeiro amor. Mas foi no interior da igreja Notre-Dame la Grande de Poitiers, ao vê-lo distante a chorar, que percebeu ser impossível entrar verdadeiramente na vida de Gabriel.

Marie, com o tempo, embora apaixonada por ele, desistiu do desafio de conquistar o seu amor, pois entendia que aquele coração jamais abrigaria outra mulher.

Mulher madura, sensata e muito equilibrada, serenamente, no momento exato e propício, o libertou. Sentia tristeza em deixar escapar um homem tão especial, mas era consciente de que jamais o faria feliz.

Perto da verdade

Em Portugal, Bia, indignada com a vida difícil que sua grande amiga levava, contratou um profissional para seguir Eduardo. Precisava ajudá-la na sua separação judicial, bem como preservar todas as garantias para ela e para as crianças.

De posse do endereço da possível amante de Eduardo, o detetive contratado passou a segui-lo diariamente.

Embora fosse fácil constatar que ele frequentava com bastante assiduidade aquele lugar, a prova concreta da traição era um tanto difícil, uma vez que não conseguia flagrá-lo com a outra mulher.

Então o profissional passou semanas a fio na espreita de seu perseguido, tentando conseguir as provas que evidenciassem a traição e, assim, poder ajudar Eugênia e os trigêmeos.

Ao notar a enorme dificuldade, conversou com a dra. Beatriz, que o orientou a sondar o porteiro do edifício para obter maiores informações.

Com muita habilidade, o detetive, aos poucos, ganhou a confiança do funcionário do prédio. Assim, depois de receber uns trocados, o porteiro forneceu cópia das chaves do apartamento que estava alugado em nome de Eduardo.

Com entusiasmo, o profissional entregou o molho de chaves à dra. Beatriz que, estrategicamente, planejou uma ação infalível para flagrá-lo.

Eugênia, atenta aos movimentos do marido, passava todas as informações para Bia. Então, no final da tarde de sexta-feira, ela aguardou quarenta minutos após a saída dele, uniu-se à amiga e ao detetive e, juntos, foram ao apartamento onde ele estaria com a amante.

Com todos os aparatos, máquina fotográfica, filmadora e gravador, conseguiram, sorrateiramente, adentrar no edifício. Subiram no quarto andar, no apartamento 41. Entraram pela porta dos fundos, onde ficava a cozinha, passando em seguida pela sala rumo à suíte do casal. Era um lugar pequeno, com decoração simples e sem qualquer requinte, mas minuciosamente organizado.

Ao se aproximarem do quarto, perceberam que a porta estava ligeiramente encostada. Pararam por alguns segundos e ouviram os fortes gemidos e sussurros que vinham daquele fojo.

Enquanto o detetive rapidamente aprontava os apetrechos para registrar as cenas que comprovariam a traição, Eugênia e Bia, gélidas e ofegantes, combinaram uma súbita entrada, impossibilitando qualquer reação do casal.

Triste realidade

Então Eugênia, com grande intrepidez e coragem, subitamente adentrou no quarto, sendo imediatamente seguida por Bia.

Para o espanto de todos e imenso sofrimento da esposa, Eduardo estava na companhia de um amante. Ao contrário do que se esperava, ele mantinha relação amorosa com outro homem.

Decepcionada, enquanto as cenas eram inteiramente registradas, Eugênia desacreditava no que seus olhos lhe mostravam. Sem reação, permaneceu imobilizada por alguns segundos.

Eduardo, envergonhado, levantou-se rapidamente, enrolou-se no lençol e, balbuciando, tentou explicar o inexplicável.

Eugênia, sem inclinação para ouvir o marido, pediu para que Bia a levasse daquele lugar nefasto.

Indignada, passou em casa, pegou as crianças e d. Maria e as deixou na residência de seus pais.

Velozmente, retornou ao seu apartamento para aguardar a chegada de Eduardo.

Em casa, um pouco mais calma, mas decidida e bastante confiante, aguardava ansiosamente a chegada do marido.

Apesar da certeza do fim do casamento, ao se lembrar das cenas assistidas naquele fatídico dia, não conseguia esconder o asco e o nojo que sentia por ele.

Forte, determinada, mas furiosa, não derramou uma única lágrima e também não lamentou a perda. Apenas tinha certeza de que aquelas cenas foram o marco do fim dos piores anos de sua vida.

Coragem de Eugênia

Eduardo adentrou a sala, cabisbaixo e diminuído, frente à horrível situação provocada por ele mesmo. Despido da habitual pose agressiva e excêntrica, pediu humildemente num tom ameno, para que Eugênia mantivesse a calma e o entendesse.

– Tente compreender – falou com certo receio –, eu tive minhas razões, nosso casamento não está indo bem. Então...

Antes que ele concluísse a primeira frase, foi abruptamente interrompido por ela, que, ríspida, disse:

– Não seja patético. Você não tem moral para falar em compreensão – gritou descontrolada. – Na verdade, você sabe melhor do que ninguém que o nosso casamento não passou de uma mentira e que você jamais o levou a sério.

Com evidente ódio que lhe saltava aos olhos, Eugênia continuou:

– Eduardo, você é muito pior do que eu sempre pensei. É sórdido, nojento, sádico, nocivo, perverso e doente. Aliás, não há no mundo adjetivos e nem predicados negativos que expressem quem na verdade você é.

Com a voz trêmula, ele tentou interrompê-la:
— Calma! – falou, tentando controlar a mulher. – Acho que está exagerando, pois...

De novo, de forma extremamente agressiva o interrompeu:
— Cale esta boca imunda – gritou ainda mais alto, como jamais tivera coragem de fazer. – Você não é digno de me pedir absolutamente nada, quanto mais calma. Você tem consciência do que fez da minha vida? Consegue se lembrar de todas as suas maldades? Sabe quantas vezes me espancou? Você não é gente! – asseverou.

Eugênia jamais imaginou que um dia pudesse retribuir parte das agressões verbais recebidas. Naquele instante, ela precisava desabafar e não tinha nenhum receio que ele revidasse com agressões.

— Só sinto não ter sido mais inteligente e ouvido todas as pessoas que me alertaram quanto ao seu caráter – disse ela, imbuída de ódio e pesar pela vida que levou até então. – O mundo inteiro sabia que você não prestava, mas eu, pretensiosa, achava que poderia mudá-lo. Você nasceu ruim e assim morrerá.

Eugênia, incansável, insistia nas ofensas e ele as aceitava como quem entendesse o merecimento.

— Eu o odeio, Eduardo! Agora entendo por quê você nunca gostou de mim, nunca me tratou como uma mulher e nunca me satisfez na cama. Agora eu sei por que você nunca gostou das minhas amigas, da minha mãe e, pior, nunca suportou a sua própria filha.

Com o suor escorrendo pela testa, diante da emoção que sentia por conseguir falar depois de tantos anos, continuou:
— A sua vida é uma mentira, a sua índole é uma mentira, o seu sexo é uma mentira, você é uma mentira – ofendia com vontade o marido.

Eduardo, pasmo com a atitude da esposa, sentindo-se encurralado contra a parede azulejada da cozinha, aos poucos, perdendo as forças, chorando, foi escorregando lentamente até sentar-se no chão gélido. Apoiou a cabeça entre os joelhos e, pela primeira vez, Eugênia o viu soluçar.

— É pouco, meu amor, você deverá chorar por muitos e muitos anos para entender um pouquinho do sofrimento que me causou — disse impiedosamente e sem se abater com aquelas lágrimas.

Cansado, Eduardo elevou um pouco o tom da voz e disse:

— Chega! Chega! O que você quer? Diga! Eu farei qualquer coisa para que me compreenda.

— Não — respondeu Eugênia. — Não existe nada no mundo que me faça entender as suas maldades, os seus caprichos, as suas violências e o seu desamor. Mas se pretende amenizar a sua dor de consciência, conte-me o porquê desta desgraça de vida. O que eu fiz para merecer isto? Por que me escolheu como vítima? Por que acabou com minha juventude? Por que me separou do homem que me amava de verdade? Por quê? Por quê? Por quê?

Eduardo, ainda de cabeça baixa, não conseguia encarar a mulher.

Eugênia, muito irada, buscava respostas para todas as suas infelicidades e frustrações. Então, mais uma vez, esbravejou:

— Fale! Fale, seu canalha. Perdeu a coragem e a empáfia. Não foi homem o suficiente para me espancar quase todos os dias?

Ainda de forma irônica e sarcástica, completou:

— Ah! Desculpe o meu equívoco, querido, durante esses anos de agressão e de sofrimento você foi um bicho, um animal ou qualquer coisa parecida, mas homem... homem de verdade, certamente jamais foi e agora entendo bem isto!

Nesse momento, Eduardo, ainda no chão, com nítida expressão de ira, levantou a cabeça, olhou nos olhos de Eugênia e disse:

– De fato, homem eu nunca fui e sabe por quê? – perguntou tentando confundi-la. – Porque me perdi justamente com quem você também se perdeu.

Eugênia, sem compreender a ironia, não hesitou e, de forma ainda mais agressiva, falou:

– Você, Eduardo, é um sujeito desprovido de moral, de caráter e dignidade. Não basta todo o sofrimento que me causou? Pretende levar isto adiante?

Verdadeira vingança

Lentamente, Eduardo foi se erguendo do chão, puxou uma cadeira e sentou-se. Um pouco mais sereno, disse:
— De todos os adjetivos que você me atribuiu, um, pelo menos, não posso negar sua total razão. Doente. De fato, sou uma pessoa doente – ponderou o rapaz.
Mais uma vez, irada, Eugênia perguntou:
— Agora, por conveniência, você se julga uma pessoa doente?
Ironicamente, continuou:
— Na verdade, meu amor, todo mau-caráter, no intuito de diminuir a responsabilidade de seus próprios atos, sempre busca uma desculpa para justificar suas imperfeitas atitudes, não é?
— Eugênia – falou Eduardo tentando parecer sereno –, eu reconheço que possuo poucas qualidades, aliás, dou razão a tudo o que você disse até agora. Mas a minha perversão é tamanha, que somente uma doença pode justificá-la.
Ela, mais uma vez, sem nada entender, silenciou-se e o deixou desabafar.

— Vou contar um pedaço de minha vida que você desconhece. Talvez assim possa compreender de fato com quem se casou.

Amargurado, Eduardo contou-lhe sobre o seu passado.

— O meu sofrimento começou muito cedo. Infelizmente, não tive sustentação psicológica para suportá-lo, pelo que me tornei este monstro que você tanto conhece. Nunca consegui sopesar as consequências de meus atos. Então, ao me sentir sozinho e abandonado pela sorte, não tive dúvida, apelei sordidamente para a ignorância. E, infelizmente, continuo agindo até hoje da mesma forma.

Com nítida tristeza, continuou:

— Ao perder o grande amor de minha vida, tracei uma estratégia de vingança, que, de forma premeditada, venho colocando em prática de lá para cá.

Indignada, mas ainda longe de conhecer a verdade, Eugênia, perguntou:

— Do que está falando? Que premeditação é essa?

— Eugênia, a história é longa e complexa, mas acho que está na hora de você saber, ainda que intensifique ainda mais o seu ódio por mim. Mas eu não consigo suportar esta culpa que carrego há tanto tempo.

Eduardo deu uma pequena pausa, porém logo prosseguiu:

— Na minha adolescência, percebi que tinha uma estranha preferência pela companhia de meninos. Para mim, no começo era complexo, pois eu não entendia aquela predileção, porque fui criado em ambiente predominantemente masculino, não tive irmãs e sempre fui muito ligado ao meu pai e ao meu irmão. Sempre usei roupas de garoto, brincava com brinquedos de menino, sempre tive jeito de moleque, sem qualquer vestígio ou comportamento efeminado. Entretanto, aos dezesseis anos passei a gostar de um menino. No início relutei muito e o garoto também, principalmente porque ele tinha uma namoradinha e, também como eu, havia sido educado para ser um homem.

Eugênia ainda não conseguia entender onde o marido pretendia chegar, mas o deixou prosseguir:

— Um dia, estávamos numa festa, bebemos um pouco mais e acabamos o final da noite juntos. A partir de então, passamos a nos curtir. O único problema era que, infelizmente, ele não conseguia se desvencilhar da tal namoradinha.

Respirou profundamente e prosseguiu.

— Então, durante alguns meses, mantivemos relacionamento amoroso, até que um dia comecei a sentir muito ciúmes e o obriguei a dispensar a menina. Infelizmente, ele não tinha coragem, o que me deixou com imenso ódio dela.

Em silêncio, Eugênia tentava entender a complexa história.

— Na ocasião, comecei a pressioná-lo, mas ele era fraco e sensível, sempre com o discurso de que sentia receio em deixá-la, pois não conseguia avaliar qual seria a reação dela se a abandonasse, principalmente porque teria perdido a virgindade com ele.

Fixando os olhos em Eugênia, continuou:

— Quanto mais explicação ele me dava, mais descontrolado eu ficava. Foi então que comecei arquitetar um plano para tirá-la definitivamente de nossos caminhos. Então o convenci a passarmos um tempo no exterior.

Impressionada, Eugênia, tentava juntar as peças do quebra-cabeça.

— Então, conversamos com os nossos pais e os convencemos a bancar um intercâmbio na Austrália.

Nesse momento, nitidamente perturbada, Eugênia, colocou as mãos nos olhos e falou:

— Pelo amor Deus, Eduardo, diga que tudo isto é irreal! Você está contando parte da minha história! — falou incrédula.

— Por favor, Eugênia, deixe-me terminar, é importante para todos nós.

Em prantos, ela aguardava o desfecho daquilo que já parecia uma absurda realidade.

— Júlio e eu — pela primeira vez Eduardo encorajou-se e falou o nome de seu amado — passamos treze meses na Austrália. Infelizmente, em pouco tempo, o que era sonho virou um pesadelo. A distância não foi o suficiente para que ele a abandonasse. No início eu achava que fosse apenas falta de coragem, mas depois percebi que ele gostava mesmo de você — sem receio, referiu-se diretamente à esposa.

Ao ouvir as absurdas revelações, Eugênia tentou conter as lágrimas, mas era impossível.

— O meu ódio foi ficando cada vez maior, principalmente porque você, Eugênia, exercia forte pressão e controle sobre ele, o que me tirava completamente do sério — prosseguiu devagar. — Daí, com o passar dos meses, nossas brigas se intensificaram e minha ira aumentava mais e mais.

Eugênia percebia o enorme rancor e mágoa no olhar do marido.

— Assim, quando faltavam apenas alguns dias para voltarmos a Portugal, Júlio, estressado com toda a situação, sugeriu que terminássemos tudo definitivamente, mas eu o amava, e, inconformado não suportei a dor. Conscientemente, tomei uma *overdose* de medicamentos controlados.

Eduardo, com a voz embargada, pausou por alguns segundos, tomou novo fôlego e continuou:

– Naquele momento, preferi encarar a morte a ficar sem o amor de minha vida.

Com as mãos ainda nos olhos, Eugênia tentava estancar as lágrimas que caíam em cachoeira.

– Aquilo foi horrível – prosseguiu Eduardo. – Apavorado, Júlio me socorreu a tempo e, por isso, fiquei vários dias internados para uma completa desintoxicação. Assim, fomos obrigados a adiar a nossa volta e, por isso, permanecemos na Austrália por mais um mês.

Ainda mais decepcionada e ligando os fatos, Eugênia perguntou:

– Então aquela história de conhecer Melbourne foi mais uma farsa, mais uma mentira de Júlio?

– Infelizmente, sim – respondeu ele, prontamente. – Júlio precisava arranjar uma desculpa para justificar a permanência por mais algumas semanas, até minha total recuperação.

Embora horrorizada com toda aquela história suja e sórdida, Eugênia pediu para que Eduardo continuasse.

– Durante aquele período que ficamos a mais na Austrália – disse –, Júlio prometeu-me que na volta terminaria o namoro com você, ainda que não ficasse definitivamente comigo.

Com o quebra-cabeça praticamente montado, Eugênia disse:

– É. Ele cumpriu exatamente o que lhe prometeu. Deixou-me injusta e impiedosamente, desprezando toda a possibilidade de me matar de tristeza e angústia.

Tentando convencer a esposa de que também foi vítima das circunstâncias, Eduardo perguntou:

– Entende agora que você foi o pivô de todos os meus sofrimentos?

Por alguns segundos, ele permaneceu em silêncio, esperando, pretensiosamente, a concordância da esposa em aceitar tudo como se fosse uma simples compensação de culpas.

No entanto, ela, indignada, apenas chorava.

Então ele continuou:

– Enraivecido pelo fim do nosso relacionamento, já de volta a Portugal, comecei a colocar em prática todos os planos de vingança que arquitetei contra você. Aliás, não foi nada difícil, porque Júlio só falava em você, dos seus objetivos e sonhos. Enfim, mesmo contra a minha vontade, ele somente falava, pensava e vivia Eugênia.

Perplexa e sem reação, ela permaneceu estática.

– Como eu já sabia que você cursaria Direito – falou Eduardo, gabando-se de sua esperteza –, resolvi entrar na mesma faculdade e fazer parte de sua turma. Conhecia todos os seus passos, embora você não percebesse. Não tive pressa, aguardei com frieza o melhor momento para me aproximar.

Eugênia, já enojada diante daquela sórdida, mas real história, tentava buscar forças para continuar olhando para aquele homem que um dia prometeu amar.

Com aparência mais serena e sangue-frio, atitudes típicas de um psicopata, ele continuou:

– O plano foi se modelando cada dia mais. Então, um pouco antes de Júlio procurá-la para contar sobre a doença, ele já havia me procurado. Não me desesperei com a trágica notícia, pois achei que a doença dele pudesse nos reaproximar. Na verdade, eu ainda o amava; o que eu mais sonhava e desejava, independentemente das circunstâncias, era que ele me assumisse. Assim, sabendo do problema de saúde que o acometia, fiz todos os exames, mas eu estava completamente limpo.

Com notória frieza, Eduardo, olhando para a esposa, prosseguiu:

– Diante daquela situação, de uma coisa eu tinha certeza, que ele a procuraria, pela óbvia possibilidade de você também estar infectada. Então, pacificamente, aguardei o momento certo para me aproximar. Assim como eu apostava, a força da atração nos aproximou, o que facilitou a minha vingança.

Tentando se justificar, ponderou:

– Mas hoje eu percebo que foi uma grande loucura, uma verdadeira atitude doentia. Eu não compreendia, porém necessitava ver com os meus próprios olhos o seu sofrimento, pois não me conformava de perder tanto por sua causa.

Eugênia, indignada, perguntou:

– Quer dizer que, nesses anos todos, você nunca nutriu nenhum sentimento saudável por mim? Nem pelos seus próprios filhos?

– Na verdade – disse o marido –, quando nós começamos a namorar, eu precisava demonstrar carinho e afeto para ganhar a sua confiança. Naquela ocasião, percebi que você era uma boa pessoa e me queria muito bem. Aí fui me apegando e desistindo da vingança. Mas, infelizmente, naquele mesmo tempo, Júlio, mais e mais doente, se aproximou de mim, o que me deixou bastante balançado. Foi então que comecei a desistir de você e dos planos diabólicos.

Eugênia, a cada frase do marido, ficava mais incrédula.

– Ainda durante o nosso namoro – continuou – saí algumas poucas vezes com ele, mas apenas como bons amigos. Embora, na verdade – confessou Eduardo –, eu pretendesse declarar a ele o amor que ainda sentia. Um dia, estávamos em um restaurante quando sugeri que reatássemos, mas Júlio disse-me com todas as letras que ainda sentia sua falta e, por esse motivo, seria impossível uma reconciliação.

Com amargor no olhar, Eduardo continuou:

– Aquela frase de Júlio atravessou meu peito como se fosse uma punhalada em meu coração. Fiquei tão decepcionado que contei a ele todos os meus sórdidos planos para me vingar definitivamente de você. Brigamos muito, porque ele insistia em defendê-la, e isso me deixava ainda mais descontrolado e enraivecido. Assim, infeliz com aquela atitude, desprezando completamente a doença dele, fiz uma severa chantagem. Disse que se ele não voltasse para mim, eu gritaria para o mundo sobre a relação amorosa que tivemos durante anos, aqui e na Austrália.

Eugênia, em prantos, já não suportava mais ouvi-lo. Então disse:

– Chega, Eduardo, não aguento mais!

– Falta pouco – respondeu ele com frieza.

– Diante da minha chantagem, Júlio implorou-me um tempo de uma semana para pensar. Como eu sabia que ele era fraco e que jamais permitiria que eu contasse toda a verdade, comecei a acreditar na possibilidade de reatarmos. Assim, extremamente feliz, me antecipei e terminei tudo como você e decidi também abrir mão de minha vingança.

Eugênia continuava não acreditando no que ouvia.

– Passada uma semana – continuou Eduardo –, liguei para Júlio e marcamos um encontro no mesmo lugar, para que ele me respondesse sobre a nossa volta. Ansioso, cheguei antes dele, escolhi uma mesa especial, pedi um bom vinho. Mas, para minha surpresa, de repente, por celular, ele me disse que não iria ao encontro, justificando não fazer mais sentido a nossa relação.

Morte de Júlio

Com olhar vidrado e doentio, Eduardo prosseguiu:

— Inconformado com aquela decisão, eu, de forma descontrolada, o avisei que estava indo direto contar toda a verdade para a família dele e, em seguida, a procuraria também. E assim o fiz. Mas, ao chegar próximo do prédio dele, vi uma movimentação estranha. Quando cheguei mais próximo, tive a notícia que um jovem havia se suicidado do décimo quinto andar. O resto da história, Eugênia, você já conhece.

Exausto pelo longo relato, Eduardo sentou-se de novo no chão frio de granito e ali permaneceu por muito tempo.

Eugênia, sem forças, levantou-se lentamente, foi ao quarto, preparou uma modesta maleta de roupas com alguns pertences pessoais, levou-a para a sala e disse:

— Aqui tem roupas para alguns dias. Quero que saia imediatamente desta casa; não posso mais viver com você. A separação, resolveremos judicialmente.

Eduardo, sem contestar, pegou a maleta e, de forma pacífica, atendeu pela primeira vez a esposa.

Finalmente a alforria

Ao ouvir o barulho do carro de Eduardo saindo, Eugênia caiu num choro profundo, relembrando de todas as torpezas e maldades do marido. Passado um tempo, ligou para Bia, que, em menos de meia hora, já estava em seu apartamento.

Depois de horas de conversa, Bia, perplexa pela dura e real verdade, pediu autorização para que ela o procurasse pessoalmente para acertar as condições da separação judicial.

Sem pestanejar, Eugênia aceitou e, com um abraço fraternal da amiga, agradeceu-lhe imensamente.

No final da mesma semana, Bia levou a procuração assinada por Eduardo, que consentia com a separação amigável, aceitando todas as condições impostas por ela.

Eugênia permaneceria no apartamento com as crianças e, até que ela retornasse às suas atividades, Eduardo arcaria com todas as despesas, já que trabalhava no escritório do pai e estava ganhando um bom salário.

Apesar de todos os problemas vividos e de toda triste verdade, Eugênia, desde o casamento, não se sentia tão feliz e em paz ao lado dos três filhos.

Passou a acompanhar o tratamento da filha com mais esperança. Recebia a ajuda constante da mãe, que a auxiliava na criação dos trigêmeos. Passou a ter liberdade de receber, com prazer, a visita do pai e dos colegas do escritório, que há muito não a viam.

Ficou mais engajada no tratamento médico da pequena Sofia, que, a partir de então, iniciou acompanhamento em casa com a equipe multiprofissional, coordenada pelo dr. Cavalcanti.

Eugênia sentia-se cada vez mais fortalecida. Mas, em pouco tempo, percebeu o desamor de Eduardo em relação aos filhos. Embora ele honrasse com todas as despesas dos trigêmeos, fez questão de abandoná-los afetivamente.

No entanto, o que mais a intrigava e chamava sua atenção, era o fato de os filhos jamais terem perguntado, falado ou reclamado a ausência do pai.

Passados dois meses da separação, já mais organizada, entrou em contato com o antigo escritório e pediu para retomar o seu posto. Foi bem recebida e imediatamente recontratada, mas não receberia o mesmo salário, pois já havia outro advogado ocupando o seu antigo cargo de chefia.

Eugênia, independentemente do quanto ganharia, sentiu-se feliz, pois trabalharia apenas meio período e já iniciaria as suas atividades na próxima semana.

Dificuldades financeiras

Seis meses se passaram e Eduardo nunca visitou os filhos. Naquela ocasião, Eugênia começou a ficar aflita, pois há quase dois meses ele não depositava a pensão alimentícia das crianças.

Em razão da inadimplência do ex-marido, Eugênia vinha atrasando o pagamento dos profissionais que acompanhavam Sofia. Estes, por sua vez, já não podiam manter o mesmo ritmo de tratamento da menina e, por isso, ela já apresentava sinais de regressão da evolução até então alcançada. Eugênia, com seu ganho mensal, mal conseguia pagar a escola e o salário de d. Maria.

Constantemente, ela tentava contato com o ex-marido, que não atendia suas insistentes ligações e nem respondia as várias mensagens deixadas na secretária eletrônica.

Foi, então, obrigada a entrar em contato com o ex-sogro para obter notícias de Eduardo. Infelizmente, foi destratada por ele, que disse não saber da vida do filho e que não poderia ajudá-la, pois também estava atravessando uma situação financeira difícil.

Ainda que preocupada em razão dos novos problemas surgidos, Eugênia não esmorecia e trabalhava mais e mais, embora isto pouco refletisse no salário.

No final do expediente, após o atendimento a um cliente, Eugênia foi repentinamente chamada pelo advogado-chefe.

Solícita, foi imediatamente atendê-lo. Ao adentrar na sala do dr. Luiz Vaz, ele nada falou; limitou-se a entregá-la uma cópia de um processo. Sem entender do que se tratava, Eugênia perguntou:

— É uma nova ação para eu cuidar, doutor Luiz?

— Sim — respondeu o advogado —, é uma nova ação, mas não para você cuidar, apenas para tomar conhecimento. Pode levar esta cópia para ler com calma. Depois, se precisar, conversaremos.

Curiosa, mas sem coragem de perguntar do que se tratava, pediu licença e saiu educadamente da sala.

Derrocada de Eduardo

Ao chegar à sua mesa, foi imediatamente ler o processo. Com imensa surpresa, descobriu ser um processo criminal contra seu ex-marido, Eduardo, que se encontrava preso em razão de uso e tráfico de drogas.

Arrasada, ligou para Bia e contou-lhe o que estava acontecendo.

– Amiga – disse Eugênia –, não sei o que fazer de minha vida. Já não tenho dinheiro para bancar o tratamento de Sofia, estou desesperada. E agora mais essa bomba!

– Calma, Eugênia –, respondeu Bia, serenamente –, vamos pensar juntas no que fazer.

– Mas e agora? E essa prisão? Por que o pai dele não me disse nada? – indagou aflita.

– Eugênia, eu também estou surpresa, pois não sabia que ele era usuário e, menos ainda, que traficava drogas.

Curiosa, Bia perguntou:

– Desde quando?

– Eu também não sabia de nada – disse Eugênia. – Aliás,

algumas poucas vezes eu desconfiei que ele usava algum tipo de entorpecente, mas nunca tive certeza. Eu queria acreditar que o seu único vício era apenas a bebida.

— Não importa, Eugênia, agora precisamos pensar nas crianças, o resto dá-se um jeito. Aliás, estive falando com um amigo médico e contei sobre os problemas de Sofia e ele me deu algumas boas dicas.

— Como assim, Bia?

— Esse meu amigo, Miguel — falou Bia de forma bem animada —, é médico e me disse que está sendo contratado para ser diretor-geral em uma das melhores e mais renomadas clínicas especializadas em neurologia infantil de Lisboa. Eles têm uma ala de atendimento a crianças sem grandes recursos financeiros, mas o tratamento é exatamente o mesmo dos particulares. Me disse ainda que se você tiver interesse, ele poderá ajudá-la.

— Nossa, Bia, que boa notícia! Só não sei como realizar isto.

— Amiga — disse Bia —, você tem um tempo para pensar.

Oportunidades e desafios

Eugênia ficou cheia de esperanças, mas não podia abandonar tudo. Tinha a escola dos meninos, o escritório, o apartamento, seus pais, enfim, havia muita coisa a ser sopesada.

Aquela noite, quase não conseguiu dormir pensando nos problemas e nas possíveis soluções. Na manhã seguinte, muito cansada do estresse da noite maldormida, ao chegar ao escritório, resolveu falar com dr. Luiz Vaz.

– Entre, minha cara – disse o chefe, amistosamente. – Veio falar sobre o processo de seu ex-marido?

– Não, doutor. Perdoe-me, mas tenho coisas muito mais importantes para cuidar. Estou com sérios problemas financeiros, pois, como o senhor sabe, minha filha faz caros acompanhamentos por causa da paralisia cerebral e, infelizmente, já não estou conseguindo arcar com todas as despesas.

– Por acaso, Eugênia, você está pedindo uma ajuda ou um financiamento? – perguntou o dr. Luiz.

– Não, doutor, mesmo porque eu não conseguiria pagá-lo. Na verdade, preciso trabalhar mais para ganhar o suficiente para as despesas.

Coincidentemente, como se soubesse da noite maldormida da advogada e das muitas preocupações dela, o dr. Luiz falou:

— Muito embora eu não tenha o menor interesse em perdê-la, pois você é uma das melhores advogadas do escritório, por uma questão de ética sou obrigado a lhe consultar.

Com ar de suspense, aguardou alguns segundo, até que Eugênia quebrasse o silêncio:

— Por favor, doutor, fale, estou curiosa.

— Eugênia, há uma vaga de chefia no escritório da capital. O salário é imensamente mais alto do que o seu atual. Talvez seja uma boa oportunidade. Por acaso você tem interesse?

Com lágrimas de emoção, respondeu:

— O senhor está falando sério? Poderia me dar esta oportunidade?

— Se você quiser, minha cara, o lugar já é seu — disse o chefe.

— Aceito, aceito, aceito, aceito! – gritou descontroladamente a advogada. – Doutor, é tudo o que mais preciso neste momento. O senhor não sabe o bem que está fazendo por mim e por minha família. Obrigada. Mil vezes obrigada.

Eugênia, repleta de felicidade, ligou imediatamente para sua amiga Bia e perguntou se podia passar em sua casa.

Ao entrar, viu o seu querido afilhado no colo da mãe. Aparentemente feliz e sorridente, Eugênia o pegou e deu-lhe muitos beijos.

— Nossa! — exclamou Bia. — Que felicidade é esta? Ontem você estava tão pra baixo, o que mudou?

— Amiga, você não sabe o que me aconteceu.

— Diga logo! Quer me matar de curiosidade?

Depois de uma longa conversa, Bia estava muito feliz com as excelentes novidades. Então, na presença de Eugênia, ligou para seu amigo, dr. Miguel, que imediatamente confirmou o prometido.

Vida nova na capital

Em apenas um mês, Eugênia e sua família já estavam de mudança pronta para Lisboa. Após muito insistir, conseguiu convencer os pais a se mudarem com ela para a capital.

Logo no início do ano, todos já estavam instalados. Eugênia alugou um apartamento confortável para ela, os filhos e d. Maria. Seus pais compraram um pequeno apartamento bem perto do prédio da filha.

Eugênia havia conseguido a vaga de advogada-chefe do escritório da filial de Lisboa, prometida pelo dr. Luiz Vaz. Conseguiu matricular os trigêmeos numa boa escola e teve garantido o tratamento de Sofia na clínica em que dr. Miguel, amigo de Bia, já estava trabalhando como diretor-geral.

Embora as crianças estudassem na mesma escola, Sofia lá permanecia apenas meio período, pois as tardes ficavam reservadas às muitas atividades médicas e terapêuticas.

Eugênia ficou encantada com as instalações e a estrutura da clínica. Os ambientes foram cuidadosamente preparados para crianças portadoras de doenças neurológicas. Com piscinas aquecidas, salões de fisioterapia, salas de terapia ocupacional, várias oficinas terapêuticas, laboratórios com modernos equipamentos, tudo minuciosamente projetado para auxiliar o tratamento dos pequenos.

Sofia, já com quase três anos, apresentava algumas poucas dificuldades em relação à fala e pequenos problemas visuais. Entretanto, os movimentos motores ainda exigiam maiores cuidados, pelo que era imprescindível uma pesada rotina de atividades diárias.

A equipe multiprofissional da nova clínica era especializada, dedicada e, em pouco tempo, se afeiçoou imensamente à pequena e dócil menina.

A dra. Christiane, fonoaudióloga, a visitava três vezes por semana, auxiliando-a nos exercícios da fala, que ainda era um pouco lenta e que exigia certo esforço, para evitar que no futuro ficasse trêmula ou silabada.

As sessões de fisioterapia eram realizadas pela dra. Emanuelle, quatro vezes por semana, para estimulação dos músculos espásticos das pernas que continuavam contraídos, em razão da paralisia cerebral.

O dr. Eduardo Paiva era o neurologista-chefe que coordenava e orientava os demais médicos da clínica.

O tratamento demandava gastos com profissionais de muitas áreas, pois geralmente crianças com paralisia cerebral precisam de muitos cuidados médicos e terapêuticos. Exigia, ainda, terapia psicológica, oftalmológica e ortopédica, além do suporte do pediatra geral.

A equipe da instituição era numerosa. Além da regularmente contratada, muitos outros profissionais trabalhavam voluntariamente, principalmente porque era oferecido atendimento beneficente a pacientes com poucos ou sem nenhum recurso.

Apesar do bom salário que vinha recebendo, Eugênia ainda não possuía condições financeiras para arcar totalmente com o tratamento da filha. No entanto, embora não precisasse pagar nada, em razão de ter conseguido todo o acompanhamento com o amigo de Bia, fazia questão de contribuir mensalmente com certa quantia, para não tirar o lugar de outra criança carente.

Durante os seis primeiros meses, o tratamento de Sofia foi intenso, o que lhe acarretou sensível melhora, principalmente em relação aos movimentos das pernas.

A pequena já engatinhava com maior agilidade e, com um pouco mais de esforço, conseguia sentar-se sozinha.

A família estava bem adaptada à nova vida em Lisboa. Apesar dos desafios, estavam todos muito felizes.

Eugênia, cada vez mais empenhada no trabalho, não pensava em retomar sua vida afetiva. Nada a fazia esquecer as suas equivocadas escolhas que, aliás, só lhe trouxeram amargor. Então, dedicava-se integralmente à sua família e à sua profissão.

Retorno de Gabriel a Portugal

Mais de cinco anos no Timor, Gabriel preparava a sua volta a Portugal. Sentia muitas saudades do Porto e de sua querida família. Inconscientemente, sonhava em rever Eugênia, embora soubesse que tudo havia acabado definitivamente.

De volta a seu país, embora com saudade, relutou para não visitar sua terra natal, pois ainda guardava mágoa e tristeza, que o tempo e a distância não foram capazes de amenizar. O seu retorno abriu ferida mal-curada que, num simples toque, voltou a latejar.

Já em Lisboa, a resistência de Gabriel em visitar o Porto fazia com que sua família passasse, com frequência, os finais de semana na capital.

Gabriel foi o grande destaque entre os participantes do projeto no Timor, sendo, inclusive, condecorado pelo governo português por suas inúmeras ações sociais. Retornou com enorme bagagem e experiência, o que possibilitou colocar em prática o seu sonho profissional.

Não demorou muito para receber convites de várias instituições da saúde. Foi indicado como possível candidato para assessorar o Ministério da Saúde da capital portuguesa.

Apesar do tino político que, aliás, aprimorou e exercitou durante os muitos anos em que viveu fora, não queria se prender às questões teórico-administrativas. Interessava-lhe apenas praticar as técnicas que adquiriu, bem como ajudar na recuperação de crianças com dificuldades neuromotoras.

Gabriel não aceitou os diversos convites políticos recebidos, preferindo trabalhar em uma conceituada instituição especializada em neuropediatria.

Com amor, dedicava a maior parte de seu tempo às crianças portadoras de sérios e irreversíveis problemas motores, acreditando na possibilidade de recuperação nos casos em que isso era possível ou, pelo menos, na melhoria de qualidade de vida dos pequenos que sofriam daquele mal.

Em poucos meses, se tornou conhecido e considerado um ícone na especialidade. Recebia pacientes de todas as partes da Europa. Participava de muitos congressos, e suas excelentes e didáticas palestras o levaram, também, a ministrar aulas práticas no Hospital da Universidade de Medicina de Lisboa.

Apesar de seu tempo atribulado em razão dos muitos e rotineiros compromissos, não abriu mão de seu trabalho voluntário, que vinha desenvolvendo desde o primeiro ano da faculdade.

Para tanto, elegeu uma séria e conceituada instituição de Lisboa especializada em neurologia pediátrica para dedicar um dia de sua semana na recuperação de crianças com menos ou nenhum recurso financeiro. Era um trabalho que lhe rendia imensa alegria e satisfação.

Em virtude de sua pesada rotina, não lhe sobrava tempo para dedicar-se à vida social, amorosa e familiar.

Somente depois de mais de um ano de seu retorno é que teve coragem de visitar seus pais na cidade do Porto. Apesar de amar aquele lugar, ainda tinha tristes lembranças da mulher que mais amou.

    Durante mais de cinco anos, jamais deu margem ou permitiu qualquer comentário sobre Eugênia. Evitava notícias e não lhe interessava saber como e com quem estava. Se vivia feliz, se tinha filhos, enfim, queria riscá-la de sua vida, embora as lembranças persistissem.

Instrumento da vida

Após mais de oito meses de tratamento, Eugênia foi convocada pelos profissionais que cuidavam de Sofia para uma reunião clínica para avaliar seu quadro evolutivo.

No encontro, os médicos apresentaram gráficos que demonstravam claramente que a criança vinha respondendo bem ao tratamento e obtendo uma evolução satisfatória. No entanto, ainda estava longe de dar os primeiros passos.

Eugênia manteve-se esperançosa. Sabia o quanto a clínica fazia bem à sua filha e, por isso, não se incomodava em esperar.

Faltando três meses para o terceiro ano de vida dos trigêmeos, Eugênia tentou contato com Eduardo, o que vinha fazendo, insistentemente, há meses, pois considerava importante o relacionamento dele com os filhos.

Entretanto, jamais o localizou. Segundo alguns conhecidos, depois da prisão, Eduardo se perdeu no mundo.

Com a consciência tranquila, Eugênia decidiu tocar a vida em frente e, se preciso fosse, faria as vezes de pai e mãe.

Após a última avaliação, Sofia passou a ter melhoras significativas, em razão das novas técnicas que vinham sendo aplicadas por um médico recém-integrado no quadro dos profissionais voluntários da instituição.

Conhecido como dr. Silva, o médico, inexplicavelmente, sentiu uma enorme empatia por Sofia, o que foi reciprocamente sentido por ela.

O eficiente médico, apesar de trabalhar em renomadas instituições, fazia questão de se dedicar também às crianças com menos recursos.

Anjo de Sofia

Logo no início, o dr. Silva ficou responsável pelo tratamento de Sofia nas quartas-feiras.

Por ser louro, olhos azuis, cabelos ligeiramente cacheados e usar roupas brancas, Sofia, logo nas primeiras sessões, dizia que ele parecia um anjo.

O dr. Silva, lisonjeado, brincava com a garota dizendo que então, a partir daquele dia, ele seria o seu anjo da guarda.

Imensamente feliz, Sofia dizia para todos, com orgulho e satisfação, que tinha um anjo de verdade e que todos os dias poderia falar com ele também antes de dormir.

Nas semanas que se seguiram, Eugênia passou a perceber que, nos momentos de oração, Sofia falava insistentemente do tal anjo como se fosse real.

Tranquila, imaginou que a filha tivesse apenas um amigo imaginário, o que é perfeitamente normal na infância.

Todas as quartas-feiras, a menina insistia em dizer para a mãe que esteve com o seu anjo da guarda e que ele a faria caminhar.

Por vezes, Eugênia ficava sensibilizada, mas tinha bastante receio que sua filha tivesse uma decepção futura, caso não conseguisse andar.

Passado algum tempo, a evolução de Sofia era perceptível. Eugênia se sentia cada vez mais confiante, mas a criança insistia em dizer que o anjo é que a estava ajudando.

Percebia a nítida evolução, pois a menina já conseguia ficar em pé por alguns segundos. Eugênia, sensibilizada, foi à clínica para saber o que estava acontecendo.

Assim, na quinta-feira, ao conversar com alguns profissionais da instituição, surpreendeu-se com a notícia de que o anjo que Sofia tanto falava era o tal dr. Silva, o mesmo médico que havia adotado novas técnicas e que estavam dando excelentes resultados.

Desencontros

Feliz, Eugênia queria encontrar-se com o médico para agradecê-lo pessoalmente pelos cuidados que tinha com Sofia. Então, na secretaria, foi informada que ele era médico voluntário e que só frequentava a clínica às quartas-feiras.

Justamente as quartas-feiras eram as mais atarefadas para Eugênia. Impossibilitada de se encontrar com o tal médico, pediu para que o pessoal da clínica o agradecesse por tudo o que vinha fazendo pela filha.

Com frequência, Sofia falava o quanto gostava do lindo anjo. Sempre perguntava à mãe por que o seu anjo não tinha asas. Eugênia, com paciência e carinho, explicava à filha que os médicos são homens, por isso não possuem asas, mas que, na maioria das vezes, são anjos que salvam a vida das pessoas.

Alguns meses se passaram e Eugênia não teve o prazer de conhecer e agradecer pessoalmente o anjo da vida de sua filha.

Então, muito agradecida, sempre às quartas-feiras enviava, por Sofia, bombons, licores, charutos, em agradecimento aos muitos cuidados que ele dispensava à sua amada Sofia.

O dr. Silva também não entendia por que sentia tão forte ligação com a menina. Seu carinho era tão forte que sonhava em vê-la recuperada para, no futuro, seguir uma vida normal.

Ao perceber o potencial evolutivo daquela menina que, sem entender, adorava, sugeriu à direção da instituição que permitisse tratá-la em seu próprio hospital, pois lá ele poderia acompanhá-la diariamente, o que aumentaria, sem sombra de dúvida, a possibilidade de uma melhora.

A diretoria da clínica não se opôs, mas precisava da permissão da mãe da criança. Então sugeriu uma reunião.

Eugênia não pôde comparecer naquela quarta-feira, data marcada para o encontro, mas, por telefone, com o diretor dr. Miguel, ponderou que, embora reconhecesse o esforço e a boa vontade do dr. Silva, Sofia já estava em tratamento na clínica há bem mais de um ano, apresentando boa evolução e, por isso, achou melhor que permanecesse da mesma forma.

O dr. Silva não se incomodou, mas, a partir de então, passou a frequentar a clínica duas vezes por semana, pois acreditava que assim pudesse conseguir um resultado mais efetivo.

Primeiros passos de Sofia

Sofia passou a ficar cada vez mais feliz e já conseguia caminhar com a ajuda de um andador. Inacreditável, pois em quase quatro anos era a primeira vez que a pequena conseguia permanecer por alguns minutos em pé.

Todos do hospital, da escola, os amigos, os avós, os próprios irmãos, vibravam com a visível recuperação de Sofia.

A única frustração de Eugênia era não ter tido a oportunidade de agradecer pessoalmente o dr. Silva, pessoa ou anjo que estava operando um verdadeiro milagre na vida de sua filha.

A vida de Eugênia se organizava cada vez mais. O trabalho em ascensão, com excelente salário, vinha possibilitando quase o pagamento integral do tratamento da filha.

Tinha a presença diária de seus pais, que a ajudavam na rotina com os trigêmeos. Recebia constantes visitas de Bia, de seu marido e filho. No entanto, o coração estava vazio e não pretendia mudar. Ainda não se perdoava por ter perdido o amor de sua vida.

Ajuda psicológica

Ao se organizar, Eugênia pôde novamente retomar as suas sessões de psicoterapia com uma nova terapeuta, dra. Isabel, que muito a ajudava a entender suas escolhas e perdas.

Tinha consciência que sua vida atual não se comparava em absolutamente nada com o sofrimento que teve durante os cinco anos de casamento. Mas se culpava pelo sofrimento passado, bem como pelo trauma que a impedia de pensar em novo relacionamento.

Cada vez mais bem-sucedida, Eugênia adquiriu um belo apartamento, o que proporcionava um vida confortável para seus filhos e para seus pais, que, com grande satisfação, passaram a morar com a filha e os netos.

Feliz com as coisas boas que a vida vinha lhe proporcionando, planejou fazer uma grande festa de quatro anos para os trigêmeos, que aconteceria no próximo mês.

Eugênia queria uma comemoração inesquecível. Então, fez questão de convidar todos os coleguinhas de escola dos três filhos, seus colegas e amigos mais íntimos e, principalmente, toda a equipe da clínica que tanto ajudava Sofia nos últimos anos.

Em especial, enviou um convite para o dr. Silva, que prometeu a Sofia estar presente.

No dia antecedente à festa, o dr. Silva disse à sua querida paciente que o esperasse, pois iria com certeza.

À noite, a menina não conseguia dormir, pois queria ficar com a mãe, rezando para o anjo da guarda ir mesmo à sua festa.

Eugênia, com muita paciência, dizia a Sofia que ficasse tranquila, pois o anjo apareceria. Receosa de que algo pudesse acontecer, por precaução, pediu para sua secretária ligar para o médico e insistir na presença dele, pois caso contrário Sofia ficaria muito decepcionada.

O bom médico, como sempre muito educado, confirmou sua presença e ainda pediu que a secretária dissesse à mãe da criança que fazia questão de estar presente, pois nutria muito afeto e carinho pela menina.

Naquele momento, emocionada, Eugênia entendeu o porquê de sua filha o adorar, pois, de fato, ele era muito amável e gentil.

Quarto aniversário dos trigêmeos

Henrique, João e Sofia estavam radiantes com os preparativos.

No dia da grande festa, todos os convidados estavam presentes, menos o dr. Silva, que teve uma cirurgia de emergência, mas, em tempo, avisou que faria o possível e o impossível para comparecer.

A notícia deixou Sofia abalada e muito triste. Assim, decepcionada em razão da ausência de seu protetor, pediu para a mãe colocá-la na poltrona branca que ficava no fundo do salão, pois queria ficar sozinha.

Eugênia, decepcionada, nada podia fazer para alegrar a filha. Sofia, chateada, recusava a se levantar, permanecia com os joelhos dobrados, numa atitude de revolta pela ausência de seu anjo.

Passadas algumas horas do início da festa, finalmente, o dr. Silva chegou, ainda vestido de branco, pois veio direto do hospital para o bufê.

Após ser recepcionado pelos monitores, entregou os presentes dos meninos e pediu que alguém o acompanhasse até a aniversariante, Sofia.

O dr. Silva, com o presente da menina nas mãos, seguiu em sua direção. De longe, a avistou entristecida e ligeiramente encolhida numa poltrona que ficava no final do salão.

Sofia, quando o viu, abriu um largo sorriso, esticou delicadamente os joelhos, levantou-se com calma e estendeu-lhe os braços.

A alguns poucos metros de Sofia, o médico abaixou-se, ela se levantou rapidamente e de pé gritou:

– Mamãe, mamãe, olha quem chegou!

Eugênia, distraída, virou-se e, feliz, viu aquele homem de branco e deduziu ser o anjo de Sofia.

De longe, ao ver o médico de costas, abaixado, com braços abertos para a sua amada filha, Eugênia emocionou-se.

Eufórica, Sofia continuou a gritar:

– Mamãe, mamãe, mamãe, meu anjo chegou!

Sofia, como se ofertasse um presente ao seu anjo que ainda estava abaixado, mostrou-lhe que podia caminhar. Deu os quatro primeiros passos de sua vida e jogou-se no colo do médico.

Eugênia e os muitos convidados que lá estavam presentes, emocionados com aquela cena, choraram.

O dr. Silva carinhosamente a pegou no colo, levantou-se e lentamente virou-se para a mãe.

Ao se entreolharem, estáticos, ficaram em pleno estado de choque.

Sem acreditar na cena que os seus olhos lhe mostravam, Eugênia percebeu que o anjo, o dr. Silva era, na verdade, o dr. Gabriel Gonçalves Mendes Silva.

Sofia, feliz, olhou para a mãe e insistiu:

– Mamãe, venha, venha logo conhecer o meu anjo.

Aqueles poucos metros que os separavam pareciam quilômetros, pois as pernas de Eugênia, travadas, não a ajudavam a caminhar.

Percebendo o estado em que ela se encontrava, Gabriel devagar e gentilmente, com a menina no colo, se aproximou.

Eugênia chorou copiosamente, e a filha, sem entender aquelas lágrimas, indagou:

– Mamãe, você está triste? Por que está chorando?

A um passo deles Eugênia respondeu:

– Não, meu amor. Estou feliz porque o seu anjo veio à sua festa.

Gabriel não conseguiu se segurar e também chorou, deixando Sofia ainda mais confusa.

– Vocês dois estão tristes? – perguntou, com grande preocupação, a pequena menina.

Ambos não conseguiram responder.

Sofia pediu para descer do colo de Gabriel e, para vê-los felizes, deu mais alguns passos sozinha.

Os dois, mais emocionados ainda, enxugaram as lágrimas e começam a sorrir para alegrar a pequena.

De longe, os pais de Eugênia, Bia e demais amigos, assistiam emocionados àquela bela cena.

O sr. Manoel, feliz ao ver o filho que não via há tantos anos, o cumprimentou com um longo, apertado e fraterno abraço.

Gabriel, diante da embaraçosa situação, não conseguia disfarçar a surpresa e o constrangimento. Sem levantar o olhar para Eugênia ou para seus pais, tentava demonstrar, sem qualquer naturalidade, atenção apenas à pequena Sofia.

Passados alguns minutos, Gabriel abaixou-se e pegou o pacote que havia deixado cair no chão, ao receber Sofia no colo, e ainda sem jeito disse:

— Sofia, isto é para você — carinhosamente entregou o presente à menina.

— Obrigada — falou Sofia, carinhosamente.

Feliz e rapidamente desembrulhou o presente e, sorridente, exclamou:

— Olha que lindo, mamãe, é um jacaré verde! — disse, abraçando o bichinho.

Gabriel sentou ao lado da menina, colocou-a no colo e disse:

— Não é um jacaré, meu amor, é um crocodilo.

Sofia, mesmo sem entender a diferença, caiu na gargalhada e disse:

— Então o meu crocodilo vai se chamar Gabriel, como o anjo que minha mãe diz ser meu protetor.

O médico, emocionado com a revelação, pois a criança não sabia o seu primeiro nome, olhou de relance para Eugênia, que continuava estática, sem mover sequer os cílios.

SIMPLESMENTE ADEUS

GABRIEL PERMANECEU COM SOFIA por aproximadamente uma hora. Nada comeu ou bebeu. Completamente constrangido, despediu-se dos colegas da clínica, dos pais de Eugênia e de Bia. Deu um beijo em Henrique e João, pegou novamente Sofia no colo por mais alguns instantes e cochichou em seu ouvido:

– Na quarta-feira, contarei para você a história do crocodilo, ou melhor, do seu Gabriel.

Sofia assentiu com a cabeça e deu-lhe um beijo molhado e um apertado e carinhoso abraço.

Gabriel deu alguns passos para se aproximar de Eugênia e disse:

– Sinto muito, eu nada sabia.

Confusa e emocionada, ela, sem dizer uma sequer palavra, concordou, apenas meneando a cabeça.

Com um simples adeus, ele se foi.

Amor, medo e desesperança

Aquela noite foi a mais longa e agitada dos últimos tempos. Eugênia chorou durante horas, mas não sabia se era de dor, sofrimento ou de felicidade e gratidão.

Pedia a Deus para entender o porquê de tantas coincidências. Em silêncio, se perguntava: "Por que justamente o homem a quem tanto fiz sofrer voltaria para cuidar e salvar a vida da minha filha?".

Nos dias seguintes, Eugênia falava diariamente com Bia, que a incentivava a saber mais sobre Gabriel.

No entanto, Eugênia não tinha coragem de encarar a realidade. Passou a ter receio de saber como vivia o seu grande amor.

Da vida de Gabriel, desde a separação, pouco ela sabia. A última notícia que teve foi que ele, havia muitos anos, tinha se mudado para o exterior. Então não tinha conhecimento se ele estava casado e se tinha filhos ou não.

Bia insistia, pois sabia o enorme amor que a amiga sentia pelo ex-noivo.

Entretanto, imbuída de dúvidas, medo e desesperança, Eugênia se recusou terminantemente a procurá-lo.

Grande evolução de Sofia

Gabriel continuava com o mesmo empenho no acompanhamento de Sofia, que, aliás, apresentava melhoras a olhos vistos.

Embora angustiado, igualmente não queria saber sobre a vida de Eugênia, ainda que tivesse dúvida se ela ainda continuava com Eduardo, pois não o viu na festa.

Numa agradável tarde, o médico estava avaliando Sofia quando ela, de repente, lhe perguntou:

– Quando você irá me contar a história do meu crocodilo Gabriel?

O médico lembrou-se da promessa que havia feito e resolveu contar. Ao terminar, Sofia fez a seguinte observação:

– Quando o meu crocodilo ficar grande, grande, vou pedir para ele me levar até o céu para conhecer também os outros anjos que protegem os meus irmãos, Henrique e o João.

Emocionado, Gabriel perguntou:

– Sofia, posso ir com você?

– Claro que sim. E ainda vou levar os meus irmãos, minha mãe, o vovô e a vovó. – Falou com entusiasmo.

Gabriel, aproveitando a oportunidade, indagou-lhe:
– Querida, você não levará mais ninguém?
– Não. Só as pessoas que eu amo.

A resposta da garota o deixou, pela primeira vez, intrigado, pois não entendeu por que a menina não tocou no nome do pai.

Coragem e determinação

Daquele dia em diante, curioso, buscou uma forma de descobrir mais sobre a vida de Eugênia.

Passado quase um mês do aniversário de Sofia, Gabriel, aflito e angustiado, resolveu convidar o diretor da instituição, dr. Miguel Salles, para um almoço. Sua intenção era, eventualmente, descobrir algo sobre a vida de Eugênia e dos trigêmeos.

Ele não tinha ideia que o dr. Miguel era amigo íntimo de Bia. Desconhecia também o fato de ela ter planejado, sem o conhecimento de Eugênia, que se tivesse uma oportunidade, Miguel poderia contar-lhe a verdade sobre a vida da amiga.

Constrangido e sem saber como abordar as questões, Gabriel tangenciava o assunto até que começou a falar do amor fraterno e incondicional que sentia pela paciente Sofia.

A abordagem foi providencial, pois o dr. Miguel, aproveitando o comentário do colega, disse:

— Gabriel, de fato essa criança é muito especial; aliás, ela só está na clínica por minha causa.

— Por sua causa? – indagou o colega.

— Sim – disse Miguel. – Uma grande amiga minha que mora no Porto, conhecendo a triste história da mãe de Sofia, pediu-me ajuda.

Tentando não parecer tão envolvido, perguntou:

— Como assim? O que aconteceu com esta pessoa?

— Por ética profissional – disse pausadamente Miguel –, eu nem deveria falar sobre a vida pessoal de pacientes.

Após uma pequena pausa, continuou.

— Mas, como você tem um forte vínculo com Sofia, me sinto mais à vontade em contar-lhe sobre a vida dela e de sua família.

Com aquela pausa, Gabriel sentiu um forte calafrio, pois imaginou que o colega não lhe contaria nada sobre Eugênia.

— Essa moça sofreu muito – iniciou Miguel. – Ela era noiva de um rapaz muito bom, por quem nutria forte amor e respeito. Mas, por ironia do destino, atravessou em seu caminho um sujeito de péssima índole e duvidoso caráter, que por vingança dela se aproximou e a obrigou a se casar com ele.

Gabriel, com o coração acelerado, tentava mostrar-se sereno, para o colega não perceber o seu envolvimento.

— Depois do casamento, ele a torturava física e psicologicamente, levando-a quase à loucura. Obrigou-lhe a ter filhos, mas como ele tinha problemas, resolveu enfrentar método artificial, por isso nasceram trigêmeos.

— Após o nascimento dos filhos – continuou Miguel –, ele passou a ficar dias fora de casa, até que a esposa descobriu que ele tinha outra pessoa.

Por uma fração de segundo, Gabriel pensou que talvez fosse castigo, por tudo o que ela o havia feito sofrer.

— Mas, para grande surpresa da esposa – falou o dr. Miguel –, ela o flagrou na cama com outro homem.

Gabriel, surpreso e horrorizado, tentava, diante do colega, manter-se equilibrado.

— Quando isso ocorreu — disse Miguel —, ela resolveu separar-se definitivamente, mas antes o obrigou a contar por que a maltratava tanto e por que a fez se separar do grande amor de sua vida.

Confuso, mas emocionado, Gabriel sentiu naquele momento vontade de abraçar e reconfortar sua amada Eugênia.

— Agora vem a pior parte — disse o médico. — Impiedosamente, ele confessou à mulher que na adolescência tinha um caso com o namorado dela e, inclusive, viveram juntos na Austrália.

Instantaneamente, Gabriel se recordou de Júlio, ex-namorado de Eugênia, que tinha se suicidado, e da viagem que ele realizou para a Austrália, que, aliás, tinha sido o motivo do rompimento da relação deles.

— Então — continuou Miguel —, como o rapaz não quis continuar a relação homossexual, ele planejou uma vingança fria e, de forma inconsequente, a colocou em prática, casando-se com Eugênia. Ela, por sua vez, nunca se perdoou, pois não se conformava de ter abandonado o homem de sua vida.

Intrigado, Gabriel perguntou:

— Miguel, como você sabe de tudo isto e com tantos detalhes?

— Acontece — respondeu o colega — que Eugênia, ainda no Porto, começou a passar por muitas dificuldades financeiras, pois o marido, depois da separação, abandonou os filhos, foi preso por uso e tráfico de drogas e se perdeu na vida. Foi então que Bia, que também é amiga de Eugênia, sabendo que eu viria para Lisboa, me procurou e pediu ajuda. Foi assim que Sofia começou o tratamento na clínica.

Incrédulo com a história de Eugênia, Gabriel retornou ao seu apartamento e remoeu aquela trágica fase da vida de sua amada. Embora se ressentisse com tudo que ela havia lhe causado, ainda sentia a sua falta.

Verdade sobre Gabriel

Nas sessões semanais de psicoterapia, Eugênia tentava entender aquele encontro. A terapeuta a incentivava a falar mais sobre o assunto, mas tudo doía muito. Ela não conseguia entender o forte vínculo que ligava a filha a Gabriel. Não compreendia por que não conseguia esquecê-lo.

Quase dois meses se passaram e, por telefone, Bia disse a Eugênia que seu amigo Miguel havia descoberto que Gabriel continuava solteiro e que havia passado cinco anos no Timor Leste.

Embora feliz com a notícia, não nutria nenhuma esperança, pois Gabriel jamais a perdoaria e disso ela tinha certeza.

Mais de seis semanas e os dois não mais se viram. Ambos sofriam à distância, mas nenhum tinha coragem de tomar a iniciativa, com dúvida quanto ao sentimento do outro.

Sofia, a cada dia, ganhava mais e mais autonomia. Já conseguia caminhar lentamente sem o auxílio do andador e sempre levava consigo o crocodilo Gabriel.

Avaliação de Sofia

No final do mês estava marcada uma reunião clínica com os profissionais que acompanhavam Sofia. A presença de Eugênia era imprescindível.

Após a avaliação satisfatória sobre as evoluções da menina, o dr. Eduardo Paiva, chefe da neuropediatria, encerrou a reunião.

Eugênia pegou a bolsa, ligou o celular e saiu rumo ao carro. Antes de chegar no estacionamento, Gabriel, que também havia participado da reunião, seguiu-a e, quando se aproximou, disse:

– Você está feliz com a evolução de Sofia?

– Claro – disse Eugênia, com a voz trêmula. – Obrigada por tudo o que vem fazendo por ela.

– Faço por amor – respondeu o médico.

– Eu sei, a medicina é a sua vida – respondeu Eugênia.

Naquele momento, Gabriel segurou-se para não dizer que ela sim era sua própria existência.

– Mas, além disso – disse Gabriel –, Sofia sempre foi muito especial para mim, foi uma empatia instantânea.

– É verdade – falou Eugênia –, o que ela sente por você é inexplicável e verdadeiro.

Os dois se entreolharam, mas não conseguiam encontrar um assunto, pelo que reinou um súbito silêncio.

Depois de alguns segundos, Eugênia despediu-se de Gabriel, entrou no carro e se foi.

Novamente não conseguiu dormir, pois estava confusa e sabia que aquela conversa aconteceu apenas por gentileza dele, mas que ele jamais a perdoaria.

DE VOLTA AO PRESENTE

Ainda confortavelmente acostada na *chaise longue* posicionada no canto de sua varanda, Eugênia não viu a noite chegar; o vento, então já fresco, soprava suavemente, quando foi abruptamente despertada pela campainha do telefone.

– E aí, amiga? Já servi o jantar e coloquei os meus dois amores para dormir – disse Bia, referindo-se carinhosamente a seu filho e seu marido. – E você, ainda está acordada? Podemos continuar nossa conversa?

– Bia, você não vai acreditar, desde o momento que desligamos, fiquei aqui pensando em tudo o que se passou comigo nos últimos anos.

– Nossa – exclamou Bia –, sabe quanto tempo faz isto? – perguntou.

– Não faço ideia. – respondeu Eugênia.

– Simplesmente mais de cinco horas.

– Não acredito! – disse surpresa. – Fazia muito tempo que eu não conseguia relaxar assim, acho que foi pela folga que mamãe e papai me deram, levando as crianças para passar uns dias na casa de tia Manuelina, em Sintra – disse Eugênia.

– Quando eles voltarão? – indagou Bia.
– Domingo pela manhã, pois na segunda a rotina continua.
– E aí, depois de tanto pensar, o que você decidiu? – perguntou a amiga, fazendo referência a Gabriel.
– Não é tão fácil assim – disse chorosa –, as coisas não dependem de mim. Você sabe o quanto sou culpada por tudo isso.
– Olha, amiga, acabe com este sofrimento – falou Bia –, procure logo por Gabriel. É óbvio que vocês se amam, até quando quer levar esta situação? Alguém tem que tomar a iniciativa, caso contrário nada de fato se resolverá.
– Bia – disse Eugênia –, tenho medo de ser desprezada, pois o que fiz com ele foi muito triste e doloroso.
– Responda-me uma coisa – perguntou a amiga –, por que Gabriel, um homem bonito, rico, culto, famoso, livre e desimpedido, não se casou até hoje?
– Muito simples – disse Eugênia –; certamente ainda não encontrou a mulher de sua vida.
– Amiga, ninguém a obrigará a fazer o que não quer – disse Bia com pesar. – Mas gostaria que pensasse em uma coisa: esta pode ser a segunda chance que a vida está lhe oferecendo; cuidado para não perdê-la novamente.
Pairou um silêncio absoluto, como se Eugênia estivesse processando o conselho da amiga.
Depois de alguns segundos, Bia completou:
– Vamos desligar, pois pelo jeito você precisará de mais algumas horas para pensar nas verdadeiras chances que a vida está lhe oferecendo.
Eugênia, ainda pensativa, respondeu:
– Obrigada, Bia. O que seria de minha vida se não fosse a sua amizade?

Misterioso bilhete

Na primeira segunda-feira do mês, no final da tarde, Eugênia foi à clínica buscar Sofia. Deixou o carro no estacionamento; antes, porém, aproveitou para passar, a pé, no supermercado localizado bem em frente.

De volta, com duas pequenas sacolas plásticas, entrou na instituição, pegou a filha e caminhou rumo à garagem.

Abriu a porta, ajeitou Sofia na cadeira do banco de trás. Sentou-se no banco do motorista e deu a costumeira olhadinha para ver se a filha estava bem.

Ao virar-se para a frente, percebeu que havia um papel dobrado, preso no limpador do parabrisa.

Saiu novamente do veículo, retirou aquele papel, tipo *couché*, branco com algumas ranhuras em baixo-relevo. Ao abrir, percebeu que era um bilhete que continha os seguintes dizeres:

> Muda-se o ser, muda-se a confiança;
> Todo o mundo é composto de mudança,
> Tomando sempre novas qualidades.

Continuamente vemos novidades,
Diferentes em tudo da esperança;
Do mal ficam as mágoas na lembrança,
E do bem, se algum houve, as saudades.

D. T. 23-15

Eugênia não sabia quem tinha deixado aquele bilhete, impresso em impressora a laser. Não entendeu a mensagem, mas tinha conhecimento de que aquelas palavras haviam sido extraídas de um famoso poema de Camões.[2] Entretanto, o que mais a intrigava era a código D. T. 23-15.

Guardou o pedaço de papel e, curiosa, tentou imaginar quem poderia ter feito aquela brincadeira.

Durante dias, tentou em vão desvendar o mistério. Por óbvio, para Bia, era declaração de Gabriel.

Mas Eugênia insistia em retrucar, dizendo, de forma contundente, não fazer nenhum sentido, pois aquela atitude fugia completamente ao perfil dele.

Na quarta-feira da semana seguinte, Sofia, na saída da clínica, entregou à mãe uma receita de medicamentos para ajudá-la na recuperação de um pequeno resfriado que havia contraído.

Antes de ir para casa, Eugênia passou na farmácia. Ao tirar a receita da bolsa, ficou estarrecida. O papel branco com ranhuras em baixo-relevo era exatamente igual ao do bilhete recebido na semana anterior. E mais, o carimbo e assinatura eram do dr. Gabriel Gonçalves Mendes Silva.

Gélida, confusa e estarrecida, Eugênia pegou os remédios, voltou rapidamente para casa, pediu para d. Maria cuidar

2. "Mudam-se os tempos, mudam-se as vontades", de Luís Vaz de Camões (1595).

dos trigêmeos, subiu para seu quarto e de imediato ligou para Bia.

— Eu não disse? — falou a amiga num tom profetizador.

— Só não entendo — disse Eugênia. — Se foi mesmo Gabriel, por que não falou diretamente comigo?

— Há ações e reações — disse Bia — que não somos capazes de encarar, então arranjamos subterfúgios para, pelo menos, não perdermos a oportunidade.

— Não — disse Eugênia. — Ainda não acredito que tenha sido ele. Aquilo não diz nada com nada. Por isso, prefiro acreditar em coincidência. Por que Gabriel falaria de mudança, de confiança, de qualidades, sei lá mais o que, e, ainda por cima, colocaria um misterioso código a ser decifrado? Sinto muito, amiga, isto não faz o menor sentido.

Por quase três semanas, Eugênia insistentemente continuava pensando naquele misterioso bilhete, mas não chegava a nenhuma conclusão.

Desvendando o enigma

Na madrugada da sexta-feira seguinte, alto verão, despertou subitamente, em razão do forte calor que fazia. Abriu os olhos, passou a mão no peito, sentiu o suor escorrendo, e ao levantar os longos cabelos para secar a nuca, lembrou-se num relance, de uma brincadeira que Gabriel havia feito no início do namoro.

Rapidamente levantou-se, tentou lembrar-se em que dia do mês estava, tomou uma ducha fresca e permaneceu acordada até d. Maria preparar o café.

Pediu amavelmente a seu pai para levar as crianças na escola e à tarde acompanhar Sofia à clínica, pois passaria o dia fora, visto que tinha uma audiência em outra cidade.

O verão ardia, e Eugênia, antes de sair, tomou outro banho fresco e vestiu um bonito e discreto vestido claro. Pôs uma charmosa sandália alta de tiras finas, arrumou a maleta com poucos pertences pessoais e se foi.

Às onze horas, dentro do avião, lembrava-se do misterioso bilhete e do enigma que ele continha.

Apesar da breve viagem, instalou-se num hotel, pois o calor estava tão forte que certamente precisaria de uma ducha antes de voltar para casa.

Tentando se esconder do forte sol, sentou-se sob um *ombrellone* branco e olhou para o relógio, que marcava duas horas e cinquenta e cinco minutos.

Medo, vergonha e lágrimas

Mirou a seu redor, viu algumas poucas e desconhecidas pessoas e, envergonhada com sua atitude, não se conteve e caiu em lágrimas.
De repente, poucos minutos depois, ela sentiu a presença de alguém se aproximando, mas, com muito receio, não teve coragem de se virar.
– Que bom que você veio!
Ao ouvir aquela voz doce, Eugênia lentamente foi fechando os olhos, numa atitude de quem desacredita no que está acontecendo.
Apesar do forte calor, de quase quarenta graus, sentiu um imenso frio, como se uma rajada de vento gelado atravessasse o seu lindo corpo.
Ainda como num sonho, voltou-se para trás e viu a presença de seu amado Gabriel.
Sem proferir uma palavra sequer, com o coração acelerado, continuou a olhá-lo como se continuasse a desacreditar no que a vida estava lhe proporcionando.

— Pensei que não entendesse minha mensagem — disse Gabriel —, mas pelo visto, me equivoquei.

Num momento ímpar de coragem, Eugênia, aproveitando a palavra mágica dita por seu amado, disse:

— Equívoco, Gabriel — disse com voz trêmula —, é o que eu venho cometendo desde o dia em que o deixei.

A frase o emudeceu. Naquele instante, se convenceu que Eugênia era, como ele, um ser humano passível de erros e acertos.

Perdão e resignação

— O que significa este encontro? – perguntou com a voz ainda trêmula.

— O significado é muito simples – respondeu Gabriel. – Aqui neste restaurante – referindo-se ao D. Tonho –, no dia 23, às 15 horas, você me transformou no homem mais feliz e realizado do mundo. Lembra-se? – perguntou carinhosamente.

Eugênia, olhando no fundo dos olhos de seu amor, respondeu que sim apenas com gesto.

— Então – prosseguiu o bom rapaz –, conhecendo o amor, a felicidade e a realização como conheci com você, jamais me conformei com menos.

Ainda sem entender, Eugênia permanecia emudecida.

— Nesses anos todos – ele continuou –, passei por muitos infortúnios, desafios e emoções boas e muitas ruins e aposto não ter sido diferente com você.

Mais uma vez, Eugênia assentiu apenas por meio de um gesto com a cabeça.

— Quando você me abandonou pela segunda vez – relembrou Gabriel –, fui a pessoa mais infeliz do mundo, cheguei a sentir ódio e a prometer nunca mais lhe perdoar. Mas, felizmente o mundo dá muitas voltas e o futuro é completamente imprevisível.

Fez uma nova pausa e, com a voz embargada, prosseguiu:

– Nas minhas andanças – disse o médico –, aprendi o significado do perdão. Entendi que ele faz mais bem para quem perdoa do que para quem é perdoado. Por isso, resolvi me fazer este grande bem.

Eugênia, emocionada, não continha as lágrimas quentes que insistiam em rolar pelo seu rosto.

– Agora, pretendo saber se você também quer se sentir melhor. Preciso saber se é capaz de, igualmente, me perdoar – disse Gabriel, esperando uma resposta.

– Você está me pedindo perdão? – perguntou Eugênia, em soluços. – Fui eu a causadora de sua dor e sofrimento e me penitencio todos os dias por isso.

– Eugênia – falou Gabriel –, se eu tivesse impedido o seu casamento, jamais teria passado pelo que passou. Então também sou culpado pela sua dor, angústia e sofrimento.

Sem entender como ele sabia sobre o seu passado, Eugênia apenas disse:

– Sofri muito e ninguém no mundo pode imaginar o quanto, mas a culpa foi minha, exclusivamente minha. As opções, Gabriel, foram por mim escolhidas.

Após alguns segundos, Eugênia, em soluços, prosseguiu:

– Mas agora, se você pensa que há algo a ser perdoado – emocionadamente falou –, eu o perdoo. Talvez até tenha razão. Então, eu o perdoo por não ter me prendido para sempre em sua vida.

Naquele momento, Gabriel a envolveu carinhosamente nos braços e, após longo beijo, perguntou:
— Posso cuidar de você e de nossos filhos?

Eugênia não se conteve. Jamais na vida havia derramado tantas lágrimas de emoção e de alegria.

Embargada, não conseguia responder, mas sua alma, em silêncio, gritava: "Obrigada, meu Deus!".

Nada se comparava à alegria de ter de volta o homem de sua vida, que numa atitude de amor, bondade e carinho fez questão de incluir, naquele momento tão íntimo, os três outros amores de sua existência.

Fim das angústias

Já era noite quando, juntos, subitamente entraram no apartamento de Eugênia. Na sala, a família, que estava reunida, não entendeu absolutamente nada do que estava acontecendo.

No fundo da sala, Sofia, ao ver Gabriel, gritou de felicidade. Eugênia pediu para d. Maria recolher as crianças e disse aos pais que ela e Gabriel tinham algo a dizer.

– Claro, filha. Estamos aqui ansiosos para saber o que está acontecendo – disse ofegante o sr. Manoel.

– Posso falar? – pediu ele gentilmente à amada.

– Lógico – respondeu.

– Depois de tanto sofrimento que eu e Eugênia passamos por causa da nossa separação – disse olhando nos olhos de seu amor –, resolvemos dar um basta. Chegamos à conclusão que podemos e devemos ser felizes.

Os pais de Eugênia, ao ver o brilho nos olhos dos amados filhos, choraram emocionados.

– Não pretendemos remoer o passado, pois o que passou, graças a Deus, passou – disse Gabriel olhando para cima, como quem busca o céu para agradecer. – De agora em diante, todos nós seremos felizes. Mas resta perguntar a vocês se me aceitam no seio desta maravilhosa família.

O sr. Manoel e a d. Noêmia não se intimidaram com as muitas lágrimas e os fortes soluços. Sem nada responder, abraçaram fraternalmente aquele que havia muito tinham eleito como verdadeiro filho.

Durante algum tempo, todos viveram no apartamento de Eugênia, mas logo Gabriel comprou uma imensa casa para abrigar confortavelmente a sua nova e grande família.

Embora os pais de Eugênia tivessem insistido em continuar no apartamento, foram terminantemente proibidos de pensar em tal hipótese. Gabriel queria a família inteira reunida.

Lar, vida e sonhos

Na inauguração da casa nova, na sofisticada Villa Quinta Patino, Eugênia preparou uma grande festa, com muitos convidados, inclusive toda a família de Gabriel, que veio do Porto também para a comemoração e, igualmente, não se continha de tanta felicidade por ver, finalmente, o filho realizado.

Sofia, com quase seis anos, estava linda e radiante. Continuava o tratamento e já andava com menos dificuldade e com visível autonomia.

No meio da tarde, o calor ainda intenso, alguns convidados no jardim e muitos outros não resistiram à piscina; mas todos estavam visivelmente felizes e se divertiam bastante.

Gabriel, bom anfitrião, dava atenção a todos os convidados e, carinhosamente, servia aos seus pais e sogros. O cuidado que dispensava aos trigêmeos era admirável. Ele os tratava como filhos.

Sofia sentou-se no colo de Gabriel e, ao sentir a segurança, o carinho e o afeto, disse:

– Não quero mais te chamar de anjo.

Sem entender, ele perguntou:

— Mas eu vou deixar de ser o seu anjo, meu amor?

— Não. Você sempre será o meu anjo – respondeu Sofia, carinhosamente – e será, também, sempre o meu amor, mas agora quero que você seja o meu pai.

Gabriel jamais teve a pretensão de tomar o lugar do pai da menina, mas diante daquelas sinceras palavras, vindas da boca inocente da criança que amava como verdadeira filha, a abraçou e disse:

— Claro, meu amor, eu serei tudo o que você quiser na vida.

Naquele instante, Gabriel recebeu o abraço mais gostoso e fraterno de toda a sua existência.

Eugênia, a cada dia, se sentia mais feliz e realizada. Trabalhava com mais vontade, fazia questão de reunir a família todas as noites no jantar.

Os finais de semana, os dois faziam questão de passar com toda a família na linda e confortável casa de campo, na quinta de Sintra, que recentemente compraram.

Gabriel, diretor-geral, foi paulatinamente transferindo Sofia da clínica que havia muitos anos ela fazia tratamento para o seu próprio hospital.

Retorno prometido

Um mês antes do período de férias escolares das crianças, Gabriel sugeriu levar a família para conhecer o lugar que, com afeto, o abrigou por tantos anos. Seria a primeira grande viagem que os cinco fariam juntos.

Durante todo aquele mês, Gabriel reunia a família na hora do jantar e contava sobre diversas coisas que viveu e aprendeu no Timor Leste. Mostrava as várias fotos e muitos filmes que fez com as lindas e amorosas crianças daquele país.

Todas as noites, os trigêmeos o faziam repetir a história do Crocodilo Voador. Os três estavam ansiosos para viajar.

Gabriel, naquele período, antes de dormir, repetia para Eugênia:

– Você conhecerá uma pessoa muito especial, que me trouxe de volta a você.

Eugênia via nos olhos de Gabriel o amor que verdadeiramente sentia por ela e pelos filhos. Isto a deixava realizada, tranquila e muito feliz.

Enquanto o marido falava da tal senhora, ela pensava: "Vou agradecê-la pelo resto de minha vida".

No dia da viagem, estavam todos eufóricos, ansiosos e muito felizes. O sr. Manoel os levou ao aeroporto. No trajeto, os trigêmeos, pulando e brincando no carro, demonstravam grande alegria por estarem saindo de férias.

Sofia, agarrada a seu crocodilo de estimação, dizia que iria mostrá-lo a todos os amiguinhos do Timor.

Recepção calorosa

Ao chegar a Díli, Gabriel foi subitamente surpreendido. Ele e a família foram calorosamente recebidos por uma comitiva do governo.

Antes da viagem, Gabriel havia passado um e-mail para um colega timorense, dr. Ernesto, avisando que lá passaria férias com a mulher e os filhos, mas jamais imaginou que fosse preparar tamanha recepção.

A chegada do dr. Gabriel era o acontecimento da cidade, todos sabiam, pois a notícia foi veiculada em todos os meios de comunicação.

Milhares de timorenses, a maioria crianças, mulheres e idosos, fizeram uma enorme passeata para acompanhá-los até o palácio do governo, onde receberia o título de cidadão timorense.

Eugênia não sabia que seu marido era tão amado por aquele povo. Carregada, com muitos presentes que receberam daquela gente tão boa, ela entendeu o porquê do imenso amor que Gabriel sentia por aquela terra.

Sofia, feliz, com orgulho, acenava e mostrava para as crianças o seu bichinho de estimação.

Já exaustos pelo cansaço da viagem e pelas muitas emoções, foram para o hotel.

Permaneceriam no Timor por três semanas; a programação foi minuciosamente elaborada por Gabriel, que queria mostrar cada pedacinho daquele lugar para sua mulher e filhos.

Adeus, sensibilidade

Mas antes de qualquer passeio, Gabriel queria cumprir a promessa de visitar d. Maria Angelina.

Na manhã seguinte, ansioso, Gabriel chamou a todos bem cedo. Tomaram café e foram para Ataúro, uma ilha a alguns quilômetros da capital.

Com bastante dificuldade, chegaram ao lugarejo e foram logo procurar a velha que salvou sua vida.

Na chegada, viu um movimento na porta do casebre de d. Maria Angelina, diferente da vez anterior.

Aproximaram-se, e Gabriel perguntou o que estava acontecendo. Um vizinho disse que a velha estava bastante doente e que não resistiria por muito tempo.

Assustado, Gabriel foi abrindo passagem na multidão, trazendo consigo Eugênia e as três crianças.

Aflito, pediu licença, disse que era médico e que poderia ajudá-la.

Ao entrar, viu a boa senhora agonizando em seu leito de morte. Chegou bem perto e disse:

— D. Maria, d. Maria, consegue me ouvir?

Sem conseguir sequer abrir os olhos, a anciã respondeu:

— Sim, meu bom moço.

— Então, preste atenção – disse pausadamente o doutor. – Sou médico e estou aqui para ajudá-la.

— Meu filho, não precisa me dizer quem é você. Conheço sua vida como a palma de minha mão.

Assustada, Eugênia permaneceu olhando para aquela senhora.

— Eu estava apenas esperando você voltar, meu filho – disse a velha com a voz muito enfraquecida. – Você, meu bom médico, cumpriu a sua parte e agora está feliz – continuou pausadamente –, e eu estou cumprindo a minha.

Abrindo ligeiramente os olhos, prosseguiu:

— Esperei para ver a sua felicidade com os meus próprios olhos.

Gabriel não se conteve e, em soluços, permaneceu quieto.

Henrique, João e Sofia, ali no mesmo ambiente, não entendiam o que se passava.

— Você, agora, está limpo meu filho. Lembre-se que a mágoa e o rancor só fazem mal para quem sente. E o perdão faz bem, mais para quem perdoa do que para quem é perdoado.

Eugênia, chorando incontrolavelmente, chegou mais perto, pegou na mão da moribunda e a beijou, dizendo:

— Eu agradeço a Deus todos os dias por receber o amor deste homem, que é a minha própria vida – falou olhando para Gabriel –, e agradeço também a oportunidade que Ele nos deu ao colocar a senhora em nossos caminhos.

— Minha filha – falou carinhosamente d. Maria Angelina –, você sempre foi a coisa mais importante para este bom homem, mas ainda – completou a anciã – faltava o instrumento de ligação da vida.

Gabriel já não tinha entendido a mensagem da primeira vez e viu a mesma dúvida no olhar de Eugênia.

D. Maria Angelina, como se ouvisse a dúvida que confundia a cabeça do casal, disse:

– Venha cá perto da vovó, meu amor – apontou, mesmo com os olhos cerrados, para a pequena Sofia.

A menina tranquilamente se aproximou e colocou as mãozinhas sobre as mãos da anciã.

– Aqui está, meus filhos – disse com uma única lágrima caindo no canto de seu olho direito. – Sem ela, vocês não estariam completos e felizes.

O pranto caía descontroladamente dos rostos de Gabriel e Eugênia.

Com a voz cada vez mais fraca, d. Maria Angelina pediu para que a família inteira se aproximasse.

Gabriel chamou João e Henrique, que estavam um pouco mais distantes.

Quando a família estava reunida, a senhora disse:

– Meu filho, cuide desta mulher e destas crianças, pois elas são mais suas do que a sua própria vida. Lembre-se: Deus sabe exatamente o que faz.

Num último suspiro, como um passarinho, serenamente d. Maria Angelina se foi.

Felicidade do crocodilo doutor

Dois dias depois, a família passeava pela mais linda praia de Díli, a Praia da Areia Branca. Era um lindo final de tarde, com o sol querendo se esconder. Gabriel, com o coração leve, delicadamente pediu a Eugênia que estendesse alguns *tais*[3] – artesanatos têxteis que ganharam das mulheres timorenses – sobre a areia limpa e branca, para juntos celebrarem, como num ritual, as recentes mudanças em suas vidas.

Com clara felicidade estampada em seu rosto, Gabriel chamou os três filhos e a esposa e ali, juntos, deitaram abraçados, olhando para o céu azul, completamente despido de nuvens e, carinhosamente, perguntou:

– Posso contar uma história?

Como numa sinfonia bem orquestrada, os quatro gritaram de uma só vez.

– sim!

---

3. Artesanato típico do Timor Leste. Desde épocas remotas até a atualidade, é utilizado em diversas situações e por vários escalões da sociedade.

– Bem, então vou contar a história de nossas vidas, meus amores.

Todos, deitados, olhando para o céu, ficaram atentos.

– "Havia um crocodilo que era um doutor."

A primeira frase soou tão inesperada que todos caíram na gargalhada.

– É sério, pessoal – disse Gabriel, tentando se segurar para também não rir. – Vou começar de novo, mas prestem atenção: "Havia um crocodilo que era doutor e que se chamava Gabriel".

– Pai, pai, pai – interrompeu desesperadamente Sofia –, você está roubando o nome do meu crocodilo. – Desta vez Gabriel não se conteve e começou a rir.

– Está bem, meu amor. Você me empresta o nome de seu bichinho? – perguntou carinhosamente.

– Tá bom. Para você eu empresto – respondeu orgulhosamente Sofia.

– Então – continuou a história –, o crocodilo dr. Gabriel era pequeno, indefeso e sonhava em um dia crescer e ser feliz. Mas tudo a sua volta era muito acanhado; somente o seu sonho era grande. Vivia num pântano raso, com as águas paradas, sujas, e seu grande sonho era crescer, viver em águas limpas, ao lado de sua amada e de seus filhotes.

Todos, em silêncio, prestavam muita atenção na história.

– Triste e desiludido, o crocodilo achava que nunca iria ser feliz. Mas um belo dia passou uma fada madrinha, que conhecia o caminho da felicidade. Então, com a sua varinha de condão, apenas apontou o rumo que ele deveria seguir. Naquele momento, o crocodilo sonhador percebeu que ainda podia acreditar em seus sonhos, e então andou e nadou por muitos e muitos lugares. Um dia ele chegou num lugar bonito e gostoso, onde havia muitas e muitas crianças. Mas, de longe, ele viu uma em especial, que parecia um anjo. Em pouco tempo, passou a amar muito aquela menininha.

Gabriel deu uma pausa e olhou para Sofia, que estava em seus braços.

– Foi incrível, mas aquela garotinha também tinha uma varinha de condão e deu asas ao crocodilo. Então, um belo dia, a linda menina subiu nas suas costas e juntos andaram, nadaram e até voaram, rumo à felicidade. A linda menina conhecia todos os melhores caminhos e, finalmente, chegaram ao mais precioso deles. Naquele lugar havia uma bela mulher e dois sapecas garotinhos. Então, a linda menina disse para o crocodilo: "Até aqui eu fiz a minha parte, mas agora é hora de você fazer a sua". Então o crocodilo, tentando decifrar a mensagem da garota, se aproximou da bela mulher e disse: "Você quer se casar comigo?". A mulher olhou para aquele bicho enorme e respondeu: "Como posso me casar com um jacaré?". O crocodilo ficou bravo e falou: "Eu não sou jacaré, sou um princ...".

Quando ele percebeu que estava falando demais, silenciou. Mas os garotinhos, espertos e marotos, ao perceberem a verdade, disseram:

– Mamãe, mamãe, dê um beijo nele.

Então a bela mulher, atendendo ao pedido dos filhos, deu um beijo no crocodilo.

Aí ele foi crescendo, crescendo e, de repente, transformou-se num homem de verdade, mas com um coração grande, grande.

Então, aquela bela mulher olhou nos olhos daquele homem e não resistiu. Casaram-se e de presente, o doutor crocodilo Gabriel ganhou a família mais linda do universo.

Eugênia, ainda, olhando aquele céu maravilhoso, com os olhos marejados de lágrimas, não se conteve e gritou:

– Eu sou a pessoa mais realizada do mundo!

De repente, João virou-se para Henrique e falou:

– E eu sou o esperto da história. Já você, seu bobo, é apenas o maroto.

Sofia não se conteve e logo perguntou:

– Pai, o que é maroto?

Todos se entreolharam e, irresistivelmente, caíram numa gostosa e longa gargalhada.

Este livro, composto na fonte Fairfield e paginado por Luciana Inhan, foi impresso em pólen soft 80g na gráfica Cromosete. São Paulo, Brasil, outono de 2009.